长路漫漫，心有所归

季羡林的温情与智慧

季羡林 —— 著

北京联合出版公司
Beijing United Publishing Co.,Ltd.

图书在版编目（CIP）数据

长路漫漫，心有所归：季羡林的温情与智慧 / 季羡林著. -- 北京：北京联合出版公司，2023.1（2023.9重印）
ISBN 978-7-5596-5899-9

Ⅰ.①长… Ⅱ.①季… Ⅲ.①散文集—中国—当代 Ⅳ.①I267

中国版本图书馆 CIP 数据核字（2022）第 208978 号

本著作物经国华羡林（北京）文化发展有限公司代理，由季羡林家属授权，在中国大陆出版、发行中文简体字版本。

长路漫漫，心有所归：季羡林的温情与智慧

作　　者：季羡林
出 品 人：赵红仕
选题创意：北京青梅树下文化传媒有限公司
版权支持：国华羡林（北京）文化发展有限公司
策划制作：西周的木鱼
责任编辑：周　杨
装帧设计：末末美书
封面插画：老树画画
内文排版：麦莫瑞

北京联合出版公司出版
（北京市西城区德外大街 83 号楼 9 层　100088）
北京联合天畅文化传播公司发行
北京美图印务有限公司印刷　新华书店经销
字数 160 千字　880 毫米 ×1230 毫米　1/32　8 印张
2023 年 1 月第 1 版　2023 年 9 月第 3 次印刷
ISBN 978-7-5596-5899-9
定价：45.00 元

版权所有，侵权必究
未经许可，不得以任何方式复制或抄袭本书部分或全部内容
本书若有质量问题，请与本公司图书销售中心联系调换。
电话：010-65868687　010-64258472-800

目录

辑一 长路漫漫，心有所归

到了下班以后，有如倦鸟还巢一般，带着一身疲惫，满怀喜悦，回到自己家里。这是一个真正的安身立命之处，在这里，人们主要祈求的就是温馨。有父母的，向老人问寒问暖，老少都感到温馨；有子女的，同孩子谈上几句，亲子都感到温馨；夫妻说上几句悄悄话，男女都感到温馨。

赋得永久的悔	003
寸草心	011
寻梦	020
我的家	023
温馨，家庭不可或缺的气氛	027
我的童年	030
回家	040
月是故乡明	046
故乡行	049

辑二　孤独岁月，幸有书香

我们念书人都一样，嗜书如命。我小学的时候，当时学校还没有图书馆。打念中学开始，一直到出国深造，我几乎一天也没离开过图书馆。如离开图书馆，将一事无成，这不是我一个人的意见，大凡搞学问的都有这种体会。

我和北大图书馆	061
温馨的回忆	064
就像人每天必须吃饭一样	067
获奖有感	070
《儒林外史》取材的来源	075
漫谈刘姥姥	079
漫谈散文	082
成语和典故	090
作文	093

辑三　天地万物，无不关情

这短短的车上观日出的经历，对我来说，简直像是一次神秘的天启。它让我暂时离开了尘世，离开了火车，甚至离开了我自己。我体会到变中有不变，不变中又有变；我体会到变化与速度的交互融合，交互影响。

清塘荷韵	101
海棠花	106
五色梅	110
芝兰之室	112
洛阳牡丹	114
喜雨	117
火车上观日出	121
登庐山	125
老猫	129
咪咪	141

辑四　生活之味，百尝不倦

像奇迹一般，在八十多年内，我遇到了这样三个小女孩，是我平生一大乐事，一桩怪事，但是人们常说，普天之下，没有无缘无故的爱。可是我这"缘"何在？我这"故"又何在呢？佛家讲因缘，我们老百姓讲"缘分"。虽然我不信佛，从来也不迷信，但是我却只能相信"缘分"了。

我爱北京的小胡同	149
上海菜市场	152
三个小女孩	155
两个乞丐	163
两行写在泥土地上的字	168
寂寞	172
忆念荷姐	176
我的老师董秋芳先生	181
悼念沈从文先生	185

辑五　纵浪大化，不喜不惧

我真觉得，大千世界是美妙的。
我真觉得，人间是秀丽的。
我真觉得，生活是可爱的。

我的座右铭	193
傻瓜	195
老年谈老	197
百年回眸	202
大放光明	206
长寿之道	214
难得糊涂	217
三思而行	220
真理愈辨愈明吗	222
希望在你们身上	225

附录　孙辈的怀念

人们讲，爷爷是笑着走的，应该是喜丧，我们要高高兴兴地送老爷子走。可是，不争气的眼泪却不愿离开我的眼眶。看着有那么多敬仰爷爷的人前来为他送行，更是百感交集。爷爷的一生是饱满丰富的，他不但学术有成，而且用他的文章和人格影响了全国各界人士。我欣慰，我满足，我骄傲。

季泓：怀念爷爷季羡林　　　　　　　　231

季清：写在爷爷逝世十周年之际　　　　234

何巍：我与外公季羡林　　　　　　　　244

辑一

长路漫漫，心有所归

到了下班以后，有如倦鸟还巢一般，带着一身疲惫，满怀喜悦，回到自己家里。这是一个真正的安身立命之处，在这里，人们主要祈求的就是温馨。有父母的，向老人问寒问暖，老少都感到温馨；有子女的，同孩子谈上几句，亲子都感到温馨；夫妻说上几句悄悄话，男女都感到温馨。

赋得永久的悔

题目是韩小蕙小姐出的,所以名之曰"赋得"。但文章是我心甘情愿作的,所以不是八股。

我为什么心甘情愿作这样一篇文章呢?一言以蔽之,题目出得好,不但实获我心,而且先获我心:我早就想写这样一篇东西了。

我已经到了望九之年。在过去的七八十年中,从乡下到城里,从国内到国外,从小学、中学、大学到洋研究院,从"志于学"到超过"从心所欲不逾矩",曲曲折折,坎坎坷坷,既走过阳关大道,也走过独木小桥;既经过"山重水复疑无路",又看到"柳暗花明又一村"。喜悦与忧伤并驾,失望与希望齐飞,我的经历可谓多矣。要讲后悔之事,那是俯拾即是。要写其中最深切、最真实、最难忘的悔,也就是永久的悔,那也是唾手可得,因为它片刻也没有离开过我的心。

我这永久的悔就是:不该离开故乡,离开母亲。

我出生在鲁西北一个极端贫困的村庄里。我们家是贫中之贫,真可以说是贫无立锥之地。"十年浩劫"中,我自己跳出来反对北大那一位倒行逆施但又炙手可热的"老佛爷",被她视为眼中钉,必欲除之而后快。她手下的小喽啰们曾两次窜到我的故乡,处心积虑把我"打"成地主,他们那种狗仗人势、穷凶极恶的教师爷架子,并没有能吓倒我的乡亲。我小时候的一位伙伴指着他们的鼻子,大声说:"如果让整个官庄来诉苦的话,季羡林家是第一家!"

这一句话并没有夸大,他说的是实情。我祖父母早亡,留下了我父亲等三个兄弟,孤苦伶仃,无依无靠。最小的一叔①送了人。我父亲和九叔饿得没有办法,只好到别人家的枣林里去捡落到地上的干枣充饥。这当然不是长久之计。最后兄弟俩被逼背井离乡,盲流到济南去谋生。此时他俩也不过十几二十岁。在举目无亲的大城市里,必然是经过千辛万苦,九叔在济南落住了脚。于是我父亲就回到了故乡,说是农民,但又无田可耕,又必然是经过千辛万苦。九叔从济南有时寄点钱回家,父亲赖以生活。不知怎么一来,竟然寻(读xín)上了媳妇,她就是我的母亲。母亲的娘家姓赵,门当户对,她家穷得同我们家差不多,否则也决不会结亲。她家里饭都吃不上,哪里有钱、有闲上学。所以我母亲一个字也不识,活了一辈子,连个名字都没有。她家是在另一个

---

① 即后文《寸草心》中所说的十一叔,在同父同母的三兄弟中排行第三,家族排行第十一,最小的一个。一叔为季氏家族内部叫法,在作者的多篇文章中均有出现,与十一叔是同一人。如《忆念宁朝秀大叔》中说:"我在官庄的上一辈,大排行十一人。只有一、二、七、九、十一留在关内,其余六人全因穷下了关东。我的父亲排行七、济南的叔父行九,与行十一的一叔是同母所生。一叔生下后,父母双亡,他被送了人,改姓刁。"

庄上，离我们庄五里路。这个五里路就是我母亲毕生所走的最长的距离。

北京大学那一位"老佛爷"要"打"成"地主"的人，也就是我，就出生在这样一个家庭里，就有这样一位母亲。

后来我听说，我们家确实也"阔"过一阵。大概在清末民初，九叔在东三省用口袋里剩下的最后五角钱，买了十分之一的湖北水灾奖券，中了奖。兄弟俩商量，要"富贵而归故乡"，回家扬一下眉、吐一下气，于是把钱运回家，九叔仍然留在城里，乡里的事由父亲一手张罗，他用荒唐离奇的价钱，买了砖瓦，盖了房子，又用荒唐离奇的价钱，置了一块带一口水井的田地。一时兴会淋漓，真正扬眉吐气了。可惜好景不长，我父亲又用荒唐离奇的方式，仿佛宋江一样，豁达大度，招待四方朋友。一转瞬间，盖成的瓦房又拆了卖砖、卖瓦。有水井的田地也改变了主人。全家又回归到原来的情况。我就是在这个时候、在这样的情况下降生到人间来的。

母亲当然亲身经历了这个巨大的变化。可惜，当我同母亲住在一起的时候，我只有几岁，告诉我，我也不懂。所以，我们家这一次陡然上升，又陡然下降，只像是昙花一现，我到现在也不完全明白。这个谜恐怕要成为永恒的谜了。

不管怎样，我们家又恢复到从前那种穷困的情况。后来听人说，我们家那时只有半亩多地。这半亩多地是怎么来的，我也不清楚。一家三口人就靠这半亩多地生活。城里的九叔当然还会给点接济，然而像中湖北水灾奖那样的事儿，一辈子有一次也不算少了。九叔没有多少钱接济他的哥哥了。

家里日子是怎样过的,我年龄太小,说不清楚。反正吃得极坏,这个我是懂得的。按照当时的标准,吃"白的"(指麦子面)最高,其次是吃小米面或棒子面饼子,最次是吃红高粱饼子,颜色是红的,像猪肝一样。"白的"与我们家无缘。"黄的"(小米面或棒子面饼子颜色都是黄的)与我们缘分也不大。终日为伍者只有"红的"。这"红的"又苦又涩,真是难以下咽。但不吃又害饿,我真有点谈"红"色变了。

但是,小孩子也有小孩子的办法。我祖父的堂兄是一个举人,他的夫人我喊她奶奶。他们这一支是有钱有地的。虽然举人死了,但家境依然很好。我这一位大奶奶[①]仍然健在。她的亲孙子早亡,所以把全部的钟爱都倾注到我身上来。她是整个官庄能够吃"白的"的仅有的几个人之一。她不但自己吃,而且每天都给我留出半个或者四分之一个白面馍馍来。我每天早晨一睁眼,立即跳下炕来向村里跑,我们家住在村外。我跑到大奶奶跟前,清脆甜美地喊上一声:"奶奶!"她立即笑得合不上嘴,把手缩回到肥大的袖子,从口袋里掏出一小块馍馍,递给我,这是我一天最幸福的时刻。

此外,我也偶尔能够吃一点"白的",这是我自己用劳动换

[①] 后文《寸草心》一文中说大奶奶就是举人(堂祖父)的妻子,作者另一篇未收录在本书中的文章《一条老狗》中说"大奶奶并不是我的亲奶奶",可知大奶奶是作者的堂奶奶。此处"我这一位大奶奶"即前文所说的"奶奶","奶奶"是名义、辈分,"大奶奶"是口头称呼。

来的。一到夏天麦收季节，我们家根本没有什么麦子可收。对门住的宁家大婶子和大姑——她们家也穷得够呛——就带我到本村或外村富人的地里去"拾麦子"。所谓"拾麦子"，就是别家的长工割过麦子，总还会剩下那么一点点麦穗，这些都是不值得一捡的，我们这些穷人就来"拾"。因为剩下的绝不会多，我们拾上半天，也不过拾半篮子；然而对我们来说，这已经是如获至宝了。一定是大婶和大姑对我特别照顾，以一个四五岁、五六岁的孩子，拾上一个夏天，也能拾上十斤八斤麦粒。这些都是母亲亲手搓出来的。为了对我加以奖励，麦季过后，母亲便把麦子磨成面，蒸成馍馍，或贴成白面饼子，让我解解馋。我于是就大快朵颐了。

记得有一年，我拾麦子的成绩也许是有点"超常"。到了中秋节——农民嘴里叫"八月十五"——母亲不知从哪里弄了点月饼，给我掰了一块，我就蹲在一块石头旁边，大吃起来。在当时，对我来说，月饼可真是神奇的东西，龙肝凤髓也难以比得上的，我难得吃一次。我当时并没有注意，母亲是否也在吃。现在回想起来，她根本一口也没有吃。不但是月饼，连其他"白的"，母亲从来都没有尝过，都留给我吃了。她大概是毕生就与红色的高粱饼子为伍。到了歉年，连这个也吃不上，那就只有吃野菜了。

至于肉类，吃的回忆似乎是一片空白。我姥娘家隔壁是一家卖煮牛肉的作坊。给农民劳苦耕耘了一辈子的老黄牛，到了老年，耕不动了，几个农民便以极其低的价钱买来，用极其野蛮的办法杀死，把肉煮烂，然后卖掉。老牛肉难煮，实在没有办法，农民就在肉锅里小便一通，这样肉就好烂了。农民心肠好，有了这种情况，就昭告四邻："今天的肉你们别买！"姥娘家穷，虽然极其疼爱我这个外孙，也只能用土罐子，花几个制钱，装一罐子牛肉汤，聊胜于无。记得有一次，罐子里多了一块牛肚。这就成了我的专利。我舍不得一气吃掉，就用生了锈的小铁刀，一块一块地割着吃，慢慢地吃。这一块牛肚真可以同月饼媲美了。

"白的"、月饼和牛肚难得，"黄的"怎样呢？"黄的"也同样难得。但是，尽管我只有几岁，我却也想出了办法。到了春、夏、秋三个季节，庄外的草和庄稼都长起来了。我就到庄外去割草，或者到人家高粱地里去劈高粱叶。劈高粱叶，田主不但不禁止，而且还欢迎；因为叶子一劈，通风情况就能改进，高粱长得就能更好，粮食打得就能更多。草和高粱叶都是喂牛用的。我们家穷，从来没有养过牛。我二大爷家是有地的，经常养着两头大牛。我这草和高粱叶就是给它们准备的。每当我这个不到三块豆腐高的孩子背着一大捆草或高粱叶走进二大爷的大门，我心里有所恃而不恐，把草放在牛圈里，赖着不走，总能蹭上一顿"黄的"吃，不会被二大娘"卷"（我们那里的土话，意思是"骂"）出来。到了过年的时候，自己心里觉得，在过去的一年里，自己喂牛立了功，又有了勇气到二大爷家里赖着吃黄面糕。黄面糕是用黄米面加上枣蒸成的，颜色虽黄，却位列"白的"之上。因为一年只在过年时吃一次，"物以稀为贵"，于是黄面糕就贵了起来。

我上面讲的全是吃的东西。为什么一讲到母亲就讲起吃的东西来了呢？原因并不复杂。第一，我作为一个孩子容易关心吃的东西。第二，所有我在上面提到的好吃的东西，几乎都与母亲无缘。除了"红的"以外，其余她都不沾边儿。我在她身边只待到六岁，以后两次奔丧回家，待的时间也很短。现在我回忆起来，连母亲的面影都是迷离模糊的，没有一个清晰的轮廓。特别有一点，让我难解而又易解：我无论如何也回忆不起母亲的笑容来，她好像是一辈子都没有笑过。家境贫困，儿子远离，她受尽了苦难，笑容从何而来呢？有一次我回家听对面的宁大婶子告诉我说，你娘经常说："早知道送出去回不来，我无论如何也不会放他走的！"简短的一句话里面含着多少辛酸、多少悲伤啊！母亲不知有多少日日夜夜，眼望远方，盼望自己的儿子回来啊！然而这个儿子却始终没有归去，一直到母亲离开这个世界。

对于这个情况，我最初懵懵懂懂，理解得并不深刻。到了上高中的时候，自己大了几岁，逐渐理解了。但是自己寄人篱下，经济不能独立，有雄心壮志，怎奈无法实现，我暗暗地下定了决心，立下了誓愿：一旦大学毕业，自己找到工作，立即迎养母亲。然而没有等到我大学毕业，母亲就离开我走了，永远永远地走了。古人说："树欲静而风不止，子欲养而亲不待。"这话正应到我身上，我不忍想象母亲临终思念爱子的情景，一想到，我就会心肝俱裂，眼泪盈眶。当我从北平赶回济南，又从济南赶回清平奔丧的时候，看到了母亲的棺材，看到那简陋的屋子，我真想一头撞死在棺材上，随母亲于地下。我后悔，我真后悔，我千不该万不该离开了母亲。世界上无论什么名誉、什么地位、什么幸福、什么尊荣，都比不上待在母亲身边，即使她一个字也不识，即使整天吃"红的"。

这就是我的"永久的悔"。

一九九四年三月五日[①]

[①] 指公历时间。为统一全书的年月日数字用法，本书所有落款写作时间均以汉字形式表示，均为公历。后文同，不再加注。

寸草心

小引

我已至望九之年，在这漫长的生命中，亲属先我而去的，人数颇多。俗话说："死人生活在活人的记忆里。"先走的亲属当然就活在我的记忆里。越是年老，想到他们的次数越多。想得最厉害的偏偏是几位妇女。因为我是一个激烈的女权卫护者吗？不是的。那么究竟原因何在呢？我说不清。反正事实就是这样。我只能说是因缘和合了。

我在下面依次讲四位妇女。前三位属于"寸草心"的范畴，最后一位算是借了光。

大奶奶

我的上一辈，大排行，共十一位兄弟。老大、老二，我叫他们"大大爷""二大爷"，是同父同母所生。父亲是个举人，做过一任教谕，官阶未必入流，却是我们庄最高的功名、最大的官，因此家中颇为富有。兄弟俩分家，每人还各得地五六十亩。后来被划为富农。老三、老四、老五、老六、老八、老十，我从未见过，他们父母生身情况不清楚，因家贫遭灾，闯了关东，黄鹤一去不复归矣。老七、老九、老十一，是同父同母所生，老七是我父亲，从小父母双亡，我从来没有见过我的祖父母。贫无立锥之地，十一叔①送给了别人，改了姓。九叔也万般无奈被迫背井离乡，流落济南，好歹算是在那里立定了脚跟。我六岁离家，投奔的就是九叔。

所谓"大奶奶"，就是举人的妻子。大大爷生过一个儿子，也就是说，大奶奶有过一个孙子。可惜在娶妻生子后就夭亡了。我从来没有见过他。因此，在我上一辈十一人中，男孩子只有我这一个独根独苗。在旧社会"不孝有三，无后为大"的环境中，我成了家中的宝贝，自是意中事。可能还有一些别的原因，在我六岁离家之前，我就成了大奶奶的心头肉，一天不见也不行。

我们家住在村外，大奶奶住在村内。有很长一段时间，我每天早晨一睁眼，滚下土炕，一溜烟就跑到村内，一头扑到大奶奶怀里。只见她把手缩进非常宽大的袖筒里，不知从什么地方拿出半块或一整个白面馒头，递给我。当时吃白面馒头叫作吃"白的"，全村能每天吃"白的"的人，屈指可数，大奶奶是其中一个，季家全家是唯一的一个。对我这个连"黄的"（指小米面和玉米面）都吃不到，只能凑合着吃"红的"（红高粱面）的小孩

---

① 即前文《赋得永久的悔》中所说的一叔。详见前文脚注。

子,"白的"简直就像是龙肝凤髓,是我一天望眼欲穿地最希望享受到的。

按年龄推算起来,从能跑路到离开家,大约是从三岁到六岁,是我每天必见大奶奶的时期,也是我一生最难忘怀的一段生活。我的记忆中往往闪出一株大柳树的影子。大奶奶弥勒佛似的端坐在一把奇大的椅子上。她身躯胖大,据说食量很大。有一次,家人给她炖了一锅肉。她问家里的人:"肉炖好了没有?给我盛一碗,拿两个馒头来,我尝尝!"食量可见一斑。可惜我现在怎么样也挖不出吃肉的回忆。我不会没吃过的。大概我的最高愿望也不过是吃点"白的",超过这个标准,对我就如云天渺茫,连回忆都没有了。

可是我终于离开了大奶奶,以古稀或耄耋的高龄,失掉我这块心头肉,大奶奶内心的悲伤,完全可以想象。"遥怜小儿女,未解忆长安。"我只有六岁,稍有点不安,转眼就忘了。等我第一次从济南回家的时候,是送大奶奶入土的。从此我就永远失掉了大奶奶。

大奶奶会永远活在我的记忆中。

我的母亲

我是一个最爱母亲的人,却又是一个享受母爱最少的人。我六岁离开母亲,以后有两次短暂的会面,都是由于回家奔丧。最后一次是分离八年以后,又回家奔丧。这次奔的却是母亲的丧。

回到老家,母亲已经躺在棺材里,连遗容都没能见上。从此,人天永隔,连回忆里母亲的面影都变得迷离模糊,连在梦中都见不到母亲的真面目了。这样的梦,我生平不知已有多少次。直到耄耋之年,我仍然频频梦到面目不清的母亲,总是老泪纵横,哭着醒来。对享受母亲的爱来说,我注定是一个永恒的悲剧人物了。奈之何哉!奈之何哉!

关于母亲,我已经写了很多,这里不想再重复。我只想写一件我绝不相信其为真而又热切希望其为真的小事。

在清华大学念书时,母亲突然去世。我从北平赶回济南,又赶回清平,送母亲入土。我回到家里,看到的只是一个黑棺材,母亲的面容再也看不到了。有一天夜里,我正睡在里间的土炕上,一叔①陪着我。中间隔一片枣树林的对门的宁大叔,径直走进屋内,绕过母亲的棺材,走到里屋炕前,把我叫醒,说他的老婆宁大婶"撞客"了——我们那里把鬼附人体叫作"撞客",撞的"客"就是我母亲。我大吃一惊,一骨碌爬起来,跌跌撞撞,跟着宁大叔,穿过枣林,来到他家。宁大婶坐在炕上,闭着眼睛,嘴里却不停地说着话,不是她说话,而是我母亲。一见我(毋宁说是一"听到我",因为她没有睁眼),就抓住我的手,说:"儿啊!你让娘想得好苦呀!离家八年,也不回来看看我。你知道,娘心里是什么滋味呀!"如此絮絮不休,说个不停。我仿佛当头挨了一棒,懵懵懂懂,不知所措。按理说,听到母亲的声

---

① 即十一叔。详见前文脚注。

音,我应当号啕大哭。然而,我没有,我似乎又清醒过来。我在潜意识中,连声问着自己:这是可能的吗?这是真事吗?我心里酸甜苦辣,搅成了一锅酱。我对"母亲"说:"娘啊!你不该来找宁大婶呀!你不该麻烦宁大婶呀!"我自己的声音传到我自己的耳朵里,一片空虚,一片淡漠。然而,我又不能不这样,我的那一点"科学"起了支配的作用。"母亲"连声说:"是啊!是啊!我要走了。"于是宁大婶睁开了眼睛,木然、愕然坐在土炕上。我回到自己家里,看到母亲的棺材,伏在土炕上,一直哭到天明。

我不能相信这是真的,但是希望它是真的。倚闾望子,望了八年,终于"看"到了自己心爱的独子,对母亲来说不也是一种安慰吗?但这是多么渺茫、多么神奇的一种安慰呀!

母亲永远活在我的记忆里。

我的婶母

这里指的是我九叔续弦的夫人。第一位夫人,虽然是把我抚养大的,我应当感谢她,但是,留给我的却不都是愉快的回忆。我写不出什么文章。

这一位续弦的婶母,是在一九三五年夏天我离开济南以后才同叔父结婚的,我并没见过她。到了德国写家信,虽然"敬禀者"的对象中也有"婶母"这个称呼,对我来说却是一个空洞的概念,一直到一九四七年,也就是说十二年以后,我从北平乘飞机回济南，才把概念同真人对上了号。

婶母（后来我们家里称她为"老祖"）是绝顶聪明的人，也是一个有个性、有脾气的人。我初回到家，她是斜着眼睛看我的。这也难怪。结婚十几年了，忽然凭空冒出来了一个侄子。"他是什么人呢？好人？坏人？好不好对付？"她似乎有这样多的问号。这是人之常情，不能怪她。

我却对她非常尊敬，她不是个一般的人。我离家十二年，我在欧洲经历了第二次世界大战，她在国内经历了日军占领和抗日战争。我是亲老、家贫、子幼，可是鞭长莫及，有五六年，音讯不通。上有老，下有小，叔父脾气又极暴烈，甚至有点乖戾，极难侍奉。有时候，经济没有来源，全靠她一个人支持。她摆过烟摊；到小市上去卖衣服家具；在日军刺刀下去领混合面；骑着马到济南南乡里去勘查田地，充当地牙子，赚点钱供家用；靠自己幼时所学的中医知识，给人看病。她以"少妻"的身份，对付难以对付的"老夫"。她的苦心至今还催我下泪。在这万分艰苦的情况下，她没让孙女和孙子失学，把他们抚养成人。总之，一句话，如果没有老祖，我们的家早就完了。我回到家里来也恐怕只能看到一座空房，妻离子散，叔父归天。

我自认还不是一个浑人。我极重感情，决不忘恩。老祖的所作所为，我看到眼里，记在心中。回北平以后，我给她写了一封长信，称她为"老季家的功臣"。听说，她很高兴，见了自己的娘家人，详细通报。从此，她再也不斜着眼睛看我了，我们两人之间的关系十分融洽，互相尊重。我们全家都尊敬她，热爱她，

"老祖"这一个朴素简明的称号，就能代表我们全家人的心。

叔父去世以后，老祖同我的妻子彭德华从济南迁来北京。我们一起生活了将近三十年，从没有半点龃龉，总是你尊我敬。自从我六岁到济南以后，六七十年来，我们家从来没有吵过架，这是极为难得的。我看进入吉尼斯世界纪录，也不为过。老祖到我们家以后，我们能这样和睦，主要归功于她和德华二人，我在其中起的作用，微乎其微。以八十多的高龄，老祖身体健康，精神愉快，操持家务，全都靠她。我们只请了做小时工的保姆。老祖天天背着一个大黑布包，出去采买食品菜蔬，成为朗润园的美谈。老祖是非常满意的，告诉自己的娘家人说："这一家子都是很孝顺的。"可见她晚年心情之一斑。我个人也是非常满意的，我安享了二三十年的清福。老祖以九十岁的高龄离开人世。我想她是含笑离开的。

老祖永远活在我的记忆里。

我的妻子

我在上面说过：德华不应该属于"寸草心"的范畴。她借了光。人世间借光的事情也是常有的。

我因为是季家的独根独苗，身上负有传宗接代的重大任务，所以十八岁就结了婚。父母之命，媒妁之言，自不在话下。德华长我四岁。对我们家来说，她真正做到了"毫不利己，专门利人"，一辈子勤勤恳恳，有时候还要含辛茹苦。上有公婆，下有稚子幼女，丈夫十几年不在家。公公又极难侍候，家里又穷，经济朝不保夕。在这些年，她究竟受了多少苦，她只是偶尔对我流露一点，我实在说不清楚。

德华天资不是太高，只念过小学，大概能认千八百字。我念小学的时候，曾偷偷地看过许多旧小说，什么《西游记》《封神演义》《彭公案》《施公案》《济公传》《七侠五义》《小五义》，等等，都看过。当时这些书对我来说是"禁书"，叔叔称之为"闲书"。看"闲书"是大罪状，是绝对不允许的。但是，不但我，连叔父的女儿秋妹都偷偷地看过不少。她把小说中常见的词儿"飞檐走壁"念成"飞腾走壁"，一时传为笑柄。可是，德华一辈子也没有看过任何一部小说，别的书更谈不上了。她没有给我写过一封信，她根本拿不起笔来。到了晚年，连早年能认的千八百字也都大半还给了老师，剩下的不太多了。因此，她对我一辈子搞的这一套玩意儿根本不知道是什么东西，有什么意义。她似乎从来也没有想知道过。在这方面，我们俩毫无共同的语言。

在文化方面，她就是这个样子。然而，在道德方面，她却是超一流的。上对公婆，她真正尽了孝道；下对子女，她真正做到了慈母应做的一切；中对丈夫，她绝对忠诚，绝对服从，绝对爱护。她是一个极为难得的孝顺媳妇、贤妻良母。她对待任何人都是忠厚诚恳，从来没有说过半句闲话。她不会撒谎，我敢保证，她一辈子没有说过半句谎话。如果中国将来要修"二十几史"，而其中又有什么"妇女列传"或"闺秀列传"的话，她应该榜上有名。

一九六二年,老祖同德华从济南搬到北京来,我过单身汉生活数十年,现在总算是有了一个家。这也是德华一生的黄金时期,也是我一生最幸福的时候。我们家里和睦相处,你尊我让,从来没有吵过嘴。有时候家人朋友团聚,食前方丈,杯盘满桌,烹饪往往由她们二人主厨。饭菜上桌,众人狼吞虎咽,她们俩却往往是坐在一旁,笑眯眯地看着我们吃,脸上流露出极为怡悦的表情。对这样的家庭,一切赞誉之词都是无用的,都会黯然失色的。

我活到了八十多,参透了人生真谛。人生无常,无法抗御。我在极端的快乐中,往往心头闪过一丝暗影:天下无不散的筵席。我们家这一出十分美满的戏,早晚会有煞戏①的时候。果然,老祖先走了,去年德华又走了。她也已活到超过米寿②,她可以瞑目了。

德华永远活在我的记忆里。

一九九五年六月二十五日

---

① 意为结束。
② 八十八岁的雅称。

寻梦

夜里梦到母亲,我哭着醒来。醒来再想捉住这梦的时候,梦却早不知道飞到什么地方去了。

我瞪大了眼睛看着黑暗,一直看到只觉得自己的眼睛在发亮。眼前飞动着梦的碎片,但当我想把这些梦的碎片捉起来凑成一个整体的时候,连碎片也不知道飞到什么地方去了。眼前剩下的只有母亲依稀的面影……

在梦里向我走来的就是这面影。我只记得,当这面影才出现的时候,四周灰蒙蒙的,母亲仿佛从云堆里走下来。脸上的表情有点同平常不一样,像笑,又像哭。但终于向我走来了。

我是在什么地方呢?这连我自己也有点弄不清楚。最初我觉得自己是在现在住的屋子里,母亲就这样一推屋角上的小门,走了进来,橘黄色的电灯罩的穗子就罩在母亲头上。于是我又想了开去,想到哥廷根的全城:我每天去上课走过的两旁有惊人的粗的橡树的古旧的城墙,斑驳陆离的灰黑色的老教堂,教堂顶上的高得有点古怪的尖塔,尖塔上面的晴空。

然而,我的眼前一闪,立刻闪出一片芦苇,芦苇的稀薄处还隐隐约约地射出了水的清光。这是故乡里屋后面的大苇坑。于是我立刻觉到，不但我自己是在这苇坑的边上，连母亲的面影也是在这苇坑的边上向我走来了。我又想到，当我童年还没有离开故乡的时候，每个夏天的早晨，天还没亮，我就起来，沿了这苇坑走去，很小心地向水里面看着。当我看到暗黑的水面下有什么东西在发着白亮的时候，我伸下手去一摸，是一只白而且大的鸭蛋。我写不出当时快乐的心情。这时再抬头看，往往可以看到对岸空地里的大杨树顶上正有一抹淡红的朝阳——两年前的一个秋天，母亲就静卧在这杨树的下面，永远地，永远地。现在又在靠近杨树的坑旁看到她生前八年没见面的儿子了。

但随了这苇坑闪出的却是一枝白色灯笼似的小花，而且就在母亲的手里。我真想不出故乡里什么地方有过这样的花。我终于又想了回来，想到哥廷根，想到现在住的屋子，屋子正中的桌子上两天前房东曾给摆上这样一瓶花。那么，母亲毕竟是到哥廷根来过了，梦里的我也毕竟在哥廷根见过母亲了。

想来想去，眼前的影子渐渐乱了起来。教堂尖塔的影子套上了故乡的大苇坑。在这不远的后面又现出一朵朵灯笼似的白花，在这一些的前面若隐若现的是母亲的面影。我终于也不知道究竟在什么地方看到的母亲了。我努力压住思绪，使自己的心静了下来，窗外立刻传来潺潺的雨声，枕上也觉得微微有寒意。我起来拉开窗幔，一缕清光透进来。我向外怅望，希望发现母亲的足踪。但看到的却是每天看到的那一排窗户，现在都沉浸在静寂中，里面的梦该是甜蜜的吧！

但我的梦却早飞得连影都没有了，只在心头有一线白色的微痕，蜿蜒出去，从这异域的小城一直到故乡大杨树下母亲的墓边；还在暗暗地替母亲担着心：这样的雨夜怎能跋涉这样长的路来看自己的儿子呢？此外，眼前只是一片空蒙，什么东西也看不到了。

天哪！连一个清清楚楚的梦都不给我吗？我怅望灰天，在泪光里，幻出母亲的面影。

一九三六年七月十一日于哥廷根

我的家

我曾经有过一个温馨的家。那时候，老祖和德华都还活着，她们从济南迁来北京，我们住在一起。

老祖是我的婶母，全家都尊敬她，尊称之为老祖。她出身中医世家，人极聪明，很有心计，从小学会了一套治病的手段，有家传治白喉的秘方，治疗这种十分危险的病，十拿十稳，手到病除。因自幼丧母，没人替她操心，耽误了出嫁的黄金时刻，成了一位山东话称之为"老姑娘"的人。年近四十，才嫁给了我叔父，做续弦的妻子。她心灵中经受的痛苦之剧烈，概可想见。然而她是一个十分坚强的人，从来没有对人流露过。实际上，作为一个丧母的孤儿，又能对谁流露呢？

德华是我的老伴，是奉父母之命，通过媒妁之言同我结婚的。她只有小学水平，认了一些字，也早已还给老师了。她是一个真正善良的人，一生没有跟任何人闹过对立、发过脾气。她也是自幼丧母的，在她那堂姊妹兄弟众多的、生计十分困难的大家庭里，终日愁米愁面，当然也受过不少的苦，没有母亲这一把保护伞，有苦无处诉，她的青年时代是在愁苦中度过的。

至于我自己，我虽然不是自幼丧母，但是，六岁就离开母亲，没有母爱的滋味，我尝得透而又透。我大学还没有毕业，母亲就永远离开了我，这使我抱恨终天，成为我的"永久的悔"。我的脾气，不能说是暴躁，而是急躁，想到干什么，必须立即干成，否则就坐卧不安。我还不能说自己是个坏人，因为，除了为自己考虑外，我还能为别人考虑。我坚决反对曹操的"宁教我负天下人，休教天下人负我"。

就是这样三个人组成了一个家庭。

为什么说是一个温馨的家呢？首先是因为我们家六十年来没有吵过一次架，甚至没有红过一次脸。我想，这即使不能算是绝无仅有，也是极为难能可贵的。把这样一个家庭称为温馨不正是恰如其分吗？其中也不是没有原因的。

我们全家都尊敬老祖，她是我们家的功臣。正当我们家经济濒于破产的时候，从天上掉下一个馅儿饼来：我获得一个到德国去留学的机会。我并没有什么凌云的壮志，只不过是想苦熬两年，镀上一层金，回国来好抢得一只好饭碗，如此而已。焉知两年一变而成了十一年。如果不是老祖苦苦挣扎，摆过小摊，卖过破烂，勉强让一老——我的叔父、二中——老祖和德华、二小——我的女儿和儿子，能够有一口饭吃，才得度过灾难。否则，我们家早已家破人亡了。这样一位大大的功臣，我们焉能不尊敬呢？

如果真有"毫不利己，专门利人"的人的话，那就是老祖和德华。她们忙忙叨叨买菜、做饭，等到饭一做好，她俩却坐在旁边看着我们狼吞虎咽，自己只吃残羹剩饭。这逼得我不由不从内心深处尊敬她们。

我们曾经雇过一个从安徽来的年轻女孩子当小时工,她姓杨,我们都管她叫小杨,是一个十分温顺、诚实、少言寡语的女孩子。每天在我们家干两小时的活,天天忙得没有空闲时间。我们家的两个女主人经常在午饭的时候送给小杨一个热馒头,夹上肉菜,让她吃了当午饭,立即到别的家去干活。有一次,小杨背上长了一个疮,老祖是医生,懂得其中的道理。据她说,疮长在背上,如凸了出来,这是良性的,无大妨碍。如果凹了进去,则是民间所谓的大背疮,古书上称之为疽,是能要人命的。当年范增"疽发背死",就是这种疮。小杨患的也恰恰是这种疮。于是,小杨每天到我们家来,不是干活,而是治病,主治大夫就是老祖,德华成了助手。天天挤脓、上药,忙完整整两小时,小杨再到别的家去干活。最后,奇迹出现了,过了几个月,小杨的疽完全好了。老祖始终没有告诉她这种疮的危险性。小杨离开北京回到安徽老家以后,还经常给我们来信,可见我们家这两位女主人之恩,使她毕生难忘了。

我们的家庭成员,除了"万物之灵"的人以外,还有几个并非万物之灵的猫。我们养的第一只猫,名叫虎子,脾气真像是老虎,极为暴烈。但是,对我们三个人却十分温顺,晚上经常睡在我的被子上。晚上,我一上床躺下,虎子就和另外一只名叫咪咪的猫,连忙跳上床来,争夺我脚头上那一块地盘,沉沉地压在那里。如果我半夜里醒来,觉得脚头上轻轻的,我就知道,两只猫都没有来,这时我往往难再入睡。在白天,我出去散步,两只猫就跟在我后面；我上山，它们也上山；我下来，它们也跟着下来。这成为燕园中一条著名的风景线，名传遐迩。

这难道不是一个温馨的家庭吗？

然而，光阴如电光石火，转瞬即逝。到了今天，人猫俱亡，我们的家庭只剩下了我一个人，形单影只，过了一段寂寞凄苦的生活。

然而，天无绝人之路。隔了不久，我的同事，我的朋友，我的学生，了解到我的情况之后，立刻伸出了爱援之手，使我又萌生了活下去的勇气。其中有一位天天到我家来"打工"，为我操吃操穿，读信念报，招待来宾，处理杂务，不是亲属，胜似亲属，让我深深感觉到，人间毕竟是温暖的，生活毕竟是"美丽的"（我讨厌这个词儿，姑且用之）。如果没有这些友爱和帮助，我恐怕早已登上了八宝山，与人世"拜拜"了。

那些非万物之灵的家庭成员如今数目也增多了。我现在有四只纯种的、从家乡带来的波斯猫。它们活泼、顽皮，经常挤入我的怀中，爬上我的脖子。其中一只，尊号"毛毛四世"的小猫，正在爬上我的脖子，被一位摄影家在不到半秒钟的时间内抢拍了一个镜头，赫然登在《人民日报》上，受到了许多人的赞扬，成为蜚声猫坛的一只世界名猫。

眼前，虽然我们家只剩下我一个孤家寡人，可你难道能说这不是一个温馨的家吗？

二〇〇〇年十一月五日

温馨,家庭不可或缺的气氛

大千世界,芸芸众生,除了看破红尘出家当和尚的以外,每一个人都会有一个家。一提到家,人们会不由自主地漾起一点温暖之意,一丝幸福之感。

不这样也是不可能的。不管是单职工还是双职工,白天在政府机构、学校、公司、工厂、商店等五花八门的场所工作劳动;不管是脑力劳动,还是体力劳动,都会付出巨大的力量,应付错综复杂的局面,会见性格各异的人物,有时会弄得筋疲力尽。有道是:"不如意事常八九。"哪里事事都会让你称心如意呢?到了下班以后,有如倦鸟还巢一般,带着一身疲惫,满怀喜悦,回到自己家里。这是一个真正的安身立命之处,在这里,人们主要祈求的就是温馨。有父母的,向老人问寒问暖,老少都感到温馨;有子女的,同孩子谈上几句,亲子都感到温馨;夫妻说上几句悄悄话,男女都感到温馨。当是时也,白天一天操劳身心两方面的倦意,间或有心中的愤懑,工作中或竞争中偶尔的挫折,在处理事务中或人际关系中碰的一点小钉子,如此等等,都会烟消云散,代之而兴的是融融的愉悦。总之,感到的是不能用任何语言表达的温馨。

你还可以便装野服，落拓形迹。白天在外面有时不得不戴着的假面具，完全可以甩掉。有时不得不装腔作势，以求得能适应应对进退的所谓礼貌，也统统可以丢开，还你一个本来面目，圆通无碍，纯然真我。天下之乐宁有过于此者乎？所有这一切都来自家庭中真正的温馨。

但是，是不是每一个家庭都是温馨天成、唾手可得呢？不，不，绝不是的。家庭中虽有夫妻关系、亲子关系、血缘关系，但是，所有这些关系，都不能保证温馨气氛必然出现。俗话说，锅碗瓢盆都会相撞。每个人的脾气不一样，爱好不一样，习惯不一样，信念不一样，而且人是活人，喜怒哀乐，时有突变的情况，情绪也有不稳定的时候，特别是在自己的亲人面前，更容易表露出来。有时候为一点芝麻绿豆大的小事，也会意见相左，处理不得法，也能产生龃龉。天天耳鬓厮磨，谁也不敢保证这种情况不会发生。

那么，我们应当怎么办呢？就我个人来看，处理这样清官难断的家务事，说难极难，说不难也颇易。只要能做到"真""忍"二字，虽不中，不远矣。"真"者，真情也；"忍"者，容忍也。我归纳成了几句顺口溜：相互恩爱，相互诚恳，相互理解，相互容忍，出以真情，不杂私心，家庭和睦，其乐无垠。

有人可能不理解，我为什么把容忍强调到这样的高度。要知道，容忍是中华美德之一。我们的往圣先贤，大都教导我们要容忍。民间谚语中，也有不少容忍的内容，教人忍让。有的说法，看似消极，实有积极意义，比如"忍辱负重"，韩信就是一个有名的例子。《唐书》记载，张公艺九世同居，唐高宗问他睦族之道，公艺提笔写了一百多个"忍"字递给皇帝。从那以后，姓张的多自命为"百忍家声"。佛家也十分强调忍辱之要义，经中有很多忍辱仙人的故事。常言道："小不忍则乱大谋。"在家庭中则是"小不忍则乱家庭"。夫妻、父母、子女之间，有时难免有不同的意见，如果一方发点小脾气，你让他一下，风暴便可平息。等到他心态平衡以后，自己会认错的。此时，如果你也不冷静，火冒三丈，轻则动嘴，重则动手，最终可能告到法庭，宣判离婚，岂不大可哀哉！父母兄弟姊妹之间，也有同样的情况。结果，一个好端端的家庭，会弄得分崩离析。这轻则会影响你暂时的情绪，重则影响你的生命前途。难道我这是危言耸听吗？

总之，温馨是家庭不可或缺的气氛，而温馨则是需要培养的。培养之道，不出两端，一真一忍而已。

一九九八年十月二十三日

我的童年

回忆起自己的童年来,眼前没有红,没有绿,是一片灰黄。

二十世纪初的中国,刚刚推翻了清代的统治,神州大地,一片混乱,一片黑暗。我最早的关于政治的回忆,就是"朝廷"二字。当时的乡下人管当皇帝叫坐朝廷,于是"朝廷"二字就成了皇帝的别名。我总以为朝廷这种东西似乎不是人,而是有极大权力的玩意儿。乡下人一提到它,好像都肃然起敬。我当然更是如此。总之,当时皇威犹在,旧习未除,是大清帝国的继续,毫无万象更新之象。

我就是在这新旧交替的时刻,于一九一一年八月六日生于山东省清平县(现改临清市)的一个小村庄——官庄。当时全中国的经济形势是南方富而山东(也包括北方其他的省份)穷。专就山东论,是东部富而西部穷。我们县在山东西部,又是最穷的县,我们村在穷县中是最穷的村,而我们家在全村中又是最穷的家。

我们家据说并不是一向如此。在我诞生前,似乎也曾有过比较好的日子。可是我降生时,祖父、祖母都已去世。我父亲的亲兄弟共有三人,最小的一个(大排行是第十一,我们把他叫十一叔)送给了别人,改了姓。我父亲同另外的一个弟弟(九叔)孤苦伶仃,相依为命。房无一间,地无一垄,两个无父无母的孤儿,活下去是什么滋味,活着是多么困难,概可想见。他们的堂伯父是一个举人,是方圆几十里最有学问的人物,做官做到一个什么县的教谕,也算是最大的官。他曾养育过我父亲和叔父,据说待他们很不错。可是家庭大,人多是非多。他们俩有几次饿得到枣林里去捡落到地上的干枣充饥。最后还是被迫弃家(其实已经没了家)出走,兄弟俩逃到济南去谋生。

　　我父亲和叔父到了济南以后,人地生疏,拉过洋车,扛过大件,当过警察,卖过苦力。叔父最终站住了脚。于是兄弟俩一商量,让我父亲回老家,叔父一个人留在济南挣钱,寄钱回家,供我的父亲过日子。

　　我出生以后,家境仍然是异常艰苦。一年吃白面的次数有限,平常只能吃红高粱面饼子;没有钱买盐,把盐碱地上的土扫起来,在锅里煮水,腌咸菜;什么香油,根本见不到。一年到底,就吃这种咸菜。举人的太太,我管她叫奶奶,她很喜欢我。我三四岁的时候,每天一睁眼,抬脚就往村里跑(我们家在村外)。跑到奶奶跟前,只见她把手一卷,卷到肥大的袖子里面,手再伸出来的时候,就会有半个白面馒头拿在手中,递给我。我吃起来,仿佛是龙胆凤髓一般,我不知道天下还有比白面馒头更好吃的东西。这白面馒头是她的两个儿子(每家有几十亩地)特别孝敬她的。她喜欢我这个孙子,每天总省下半个,留给我吃。

在长达几年的时间内，这是我每天最高的享受，最大的愉快。

　　大概到了四五岁的时候，对门住的宁大婶和宁大姑，每到夏秋收割庄稼的时候，总带我走出去老远，到别人割过的地里去拾麦子或者豆子、谷子。一天辛勤之余，可以捡到一小篮麦穗或者谷穗。晚上回家，把篮子递给母亲，看样子她是非常欢喜的。有一年夏天，大概我拾的麦子比较多，她把麦粒磨成面粉，贴了一锅面饼子。我大概是吃出味道来了，吃完了饭以后，我又偷了一块吃，让母亲看到了，赶着要打我。我当时是赤条条的，浑身一丝不挂，我逃到房后，往水坑里一跳。母亲没有法子下来捉我，我就站在水中把剩下的白面饼子尽情地享受了。

　　现在写这些事情还有什么意义呢？这些芝麻绿豆般的小事是不折不扣的身边琐事，使我终生受用不尽。它有时候能激励我前进，有时候能鼓舞我振作。我一直到今天对日常生活也要求不高，对吃喝从不计较，难道同我小时候的这些经历没有关系吗？我看到一些独生子女的父母那样溺爱子女，也颇不以为然。儿童是祖国的花朵，花朵当然要爱护，但爱护要得法，否则无疑是坑害子女。

　　不记得是从什么时候起，我开始学着认字，大概也总在四岁到六岁之间。我的老师是马景功先生。现在我无论如何也记不起有什么类似私塾之类的场所，也记不起有什么《百家姓》《千字文》之类的书籍。我那个家徒四壁的家就没有一本书，连带字的什么纸条子也没有见过。反正我总是认了几个字，否则哪里来的老师呢？马景功先生的存在是不能怀疑的。

虽然没有私塾，但是小伙伴是有的。我记得最清楚的有两个：一个叫杨狗，我前几年回家，才知道他的大名，他现在还活着，一字不识；另一个叫哑巴小（意思是哑巴的儿子），我到现在也没有弄清楚他姓甚名谁。我们三个天天在一起玩，洑水、打枣、捉知了、摸虾……不见不散，一天也不间断。后来听说哑巴小当了山大王，练就了一身蹿房越脊的惊人本领，能用手指抓住大庙的椽子，浑身悬空，围绕大殿走一周。有一次他被捉住，是寒冬腊月，赤身露体，浇上凉水，被捆起来，倒挂一夜，仍然能活着。据说他从来不到官庄来作案——兔子不吃窝边草，这是绿林英雄的义气。后来终于被捉杀掉。我每次想到这样一个光着屁股游玩的小伙伴竟成为这样一个"英雄"，就颇有骄傲之意。

在故乡只待了六年，我能回忆起来的事情还多得很，但是我不想再写下去了。已经到了同我那个一片灰黄的故乡告别的时候了。

我六岁那一年，是在春节前夕，公历可能已经是一九一七年，我离开父母，离开故乡，是叔父把我接到济南去的。叔父此时大概日子已经可以了，他兄弟俩只有我一个男孩子，想把我培养成人，将来能光大门楣，只有到济南去一条路。这可以说是我一生中最关键的一个转折点，否则我今天仍然会在故乡种地（如果我能活着的话），这当然算是一件好事。

到了济南以后，过了一段难过的日子。一个六七岁的孩子离开母亲，他心里会是什么滋味，非有亲身经历者，实难体会。我曾有几次从梦里哭着醒来。尽管此时不但能吃上白面馒头，而且还能吃上肉，但是我宁愿再啃红高粱饼子就苦咸菜。这种愿望当然只是一个幻想。我毫无办法，久而久之，也就习以为常了。

叔父望子成龙，对我的教育十分关心。先安排我在一个私塾里学习。老师是一个白胡子老头，面色严峻，令人见而生畏。每天入学，先向孔子牌位行礼，然后才是赵钱孙李。接着，叔父又把我送到一师附小去念书。这个地方在旧城墙里面，街名叫升官街，看上去很堂皇，实际上"官者，棺"也，整条街都是做棺材的。此时五四运动大概已经起来了。校长是一师校长兼任，他是山东得风气之先的人物，在一个小学生眼里，他是一个大人物，轻易见不到面。想不到在十几年以后，我大学毕业到济南高中去教书的时候，我们俩竟成了同事，他是历史教员。我执弟子礼甚恭，他则再三逊谢。我当时觉得，人生真是变幻莫测啊！因为校长是维新人物，我们的国文教材就改用了白话。教科书里面有一篇课文，叫作《阿拉伯的骆驼》。故事是大家熟知的，当时对我却是陌生而又新鲜，我读起来感到非常有趣味，简直是爱不释手，然而这篇文章却惹了祸。有一天，叔父翻看我的课本，我只看到他蓦地勃然变色。"骆驼怎么能说人话呢？"他愤愤然了，"这个学校不能念下去了，要转学！"

于是我转了学。转学手续比现在要简单得多，只经过一次口试就行了。而且口试也非常简单，只出了几个字叫我们认，我记得字中间有一个"骡"字。我认出来了，于是定为高一。另一个比我大两岁的亲戚没有认出来，于是定为初三。为了一个字，我占了一年的便宜，这也算是逸事吧。

这个学校靠近南圩子墙，校园很空阔，树木很多。花草茂密，景色算是秀丽的。在用木架子支撑起来的一座柴门上面，悬着一块木匾，上面刻着四个大字"循规蹈矩"。我当时并不懂这四个字的含义，只觉得笔画多得好玩而已。我就天天从这个木匾下出出进进，上学，游戏。当时立匾者的用心，到了后来我才了解，无非是想让小学生规规矩矩做好孩子而已。但是用了四个古怪的字，小孩子谁也不懂，结果形同虚设，多此一举。

我循规蹈矩了没有呢？大概是没有。我们有一个珠算教员，眼睛长得凸了出来，我们给他起了一个绰号，叫作Shaoqianr（济南话，意思是知了）。他对待学生特别蛮横。打算盘，算错一个数，打一板子。打算盘错上十个八个数，甚至上百数，是很难避免的。我们都挨了不少的板子。不知是谁一嘀咕："我们架（小学生的行话，意思是赶走）他！"立刻得到大家的同意。我们一群十岁左右的小孩子也要造反了。大家商定：他上课时，我们把教桌弄翻，然后一起离开教室，躲在假山背后。我们自己认为这个锦囊妙计实在非常高明，如果成功了，这位教员将无颜见人，非卷铺盖回家不可。然而我们班上出了叛徒，虽然只有几个人，他们想拍老师的马屁，没有离开教室。这一来，大大助长了老师的气焰，他知道自己还有群众，于是威风大振，把我们这群不知天高地厚的叛逆者，完全狠狠地用大竹板把手心打了一阵，我们每个人的手都肿得像发面馒头，然而没有一个人掉泪。我以后每次想到这一件事，觉得完全可以写进我的"优胜纪略"中去。

谈到学习，我记得在三年之内，我曾考过两个甲等第三（只有三名甲等）、两个乙等第一，总起来看，属于上等，但是并不拔尖。实际上，我当时并不用功，玩的时候多，念书的时候少。我们班上考甲等第一的叫李玉和，年年都是第一。他比我大五六岁，好像已经很成熟了，死记硬背，刻苦努力，天天皱着眉头，不见笑容，也不同我们打闹。我从来就是少无大志，一点也不想争那个状元。但是我对我这一位老学长并无敬意，还有点瞧不起的意思，觉得他是非我族类。

我虽然对正课不感兴趣，但是也有我非常感兴趣的东西，那就是看小说。我叔父是古板人，把小说叫作"闲书"，闲书是不许我看的。在家里的时候，我书桌下面有一个盛白面的大缸，上面盖着一个用高粱秆编成的盖垫（济南话）。我坐在桌旁，桌上摆着《四书》，我看的却是《彭公案》《济公传》《西游记》《三国演义》等旧小说。《红楼梦》大概太深，我看不懂其中的奥妙，黛玉整天价①哭哭啼啼，为我所不喜，因此看不下去。其余的书都是看得津津有味。冷不防叔父走了进来，我就连忙掀起盖垫，把闲书往里一丢，嘴巴里念起"子曰""诗云"来。

到了学校里，用不着防备什么，一放学，就是我的天下。我往往躲到假山背后，或者一个盖房子的工地上，拿出闲书，狼吞虎咽似的大看起来。常常是忘记了时间，忘记了吃饭，有时候到了天黑，才摸回家去。我对小说中的绿林好汉非常熟悉，将他们的姓名背得滚瓜烂熟，连他们用的兵器也如数家珍，比教科书熟

---

① 北方方言，意为整天，天天。价，助词，无实义。

悉多了。我自己当然也希望成为那样的英雄。有一回，一个小朋友告诉我，把右手五个指头往大米缸里猛戳，一而再，再而三，一直到几百次，上千次。练上一段时间以后，再换上砂粒，用手猛戳，最终可以练成铁砂掌，五指一戳，能够戳断树木。我颇想有一个铁砂掌，信以为真，猛练起来，结果把指头戳破了，鲜血直流。知道自己与铁砂掌无缘，遂停止不练。

  学习英文，也是从这个小学开始的。当时对我来说，外语是一种非常神奇的东西。我认为，方块字是天经地义，不用方块字，只弯弯曲曲像蚯蚓爬过的痕迹一样，居然能发出音来，还能有意思，简直是不可思议。越是神秘的东西，便越有吸引力。英文对于我就有极大的吸引力。我万没有想到望之如海市蜃楼般的可望而不可即的东西竟然唾手可得了。我现在已经记不清楚，学习的机会是怎么来的。大概是有一位教员会一点英文，他答应晚上教一点，可能还要收点学费。总之，一个业余英文学习班很快就组成了，参加的大概有十几个孩子，究竟学了多久，我已经记不清楚，时候好像不太长，学的东西也不太多，二十六个字母以后，学了一些单词。我当时有一个非常伤脑筋的问题：为什么"是"和"有"算是动词，它们一点也不动嘛。当时老师答不上来；到了中学，英文老师也答不上来。当年用动词来译英文verb的人，大概不会想到他这个译名惹下的祸根吧。

  每次回忆学习英文的情景时，我眼前总有一团凌乱的花影，是绛紫色的芍药花。原来在校长办公室前的院子里有几个花畦，春天一到，芍药盛开，都是绛紫色的花朵。白天走过那里，紫花绿叶，极为分明。到了晚上，英文课结束后，再走过那个院子，紫花与绿叶化成一个颜色，朦朦胧胧的一堆一团，因为有白天的印象，所以还知道它们的颜色。但夜晚眼前只能看到花影，鼻子前似乎有点花香而已。这一幅情景伴随了我一生，只要是一想起学习英文，这一幅美妙无比的情景就浮现到眼前来，带给我无量的幸福与快乐。

然而时光像流水一般飞逝，转瞬三年已过：我小学该毕业了，我要告别这个美丽的校园了。我十三岁那年，考上了城里的正谊中学。我本来是想考鼎鼎大名的第一中学的，但是我左衡量，右衡量，总觉得自己这块料分量不够，还是考与"烂育英"齐名的"破正谊"吧。我上面说到我幼无大志，这又是一个证明。正谊虽"破"，风景却美：背靠大明湖，万顷苇绿，十里荷香，不啻人间乐园。然而到了这里，我算是已经越过了童年，不管正谊的学习生活多么美妙，我也只好搁笔，且听下回分解了。

综观我的童年，从一片灰黄开始，到了正谊算是到达了一片浓绿的境界——我进步了。但这只是从表面上来看，如果从生活的内容上来看，依然是一片灰黄。即使到了济南，我的生活也难找出什么有声有色的东西。我从来没有什么玩具，自己把细铁条弄成一个圈，再弄个钩一推，就能跑起来，自己就非常高兴了。贫困、单调、死板、固执，是我当时生活的写照。接受外面信息，仅凭五官。什么电视机、收录机，连影都没有。我小时连电影也没有看过，其余概可想见了。

今天的儿童有福了。他们有多少花样翻新的玩具呀！他们有多少儿童乐园、儿童活动中心呀！他们饿了吃面包，渴了喝这可乐、那可乐，还有牛奶、冰激凌；电影看厌了，看电视；广播听厌了，听收录机。信息从天空、海外，越过高山大川，纷纷蜂拥而来。他们才真是"儿童不出门，便知天下事"。可是他们偏偏不知道旧社会。就拿我来说，如果不认真回忆，我对旧社会的情景也逐渐淡漠，有时竟淡如云烟了。

今天我把自己的童年尽可能真实地描绘出来，不管还多么不全面，不管怎样挂一漏万，也不管我的笔墨多么拙笨，就是上面写出来的那一些，我们今天的儿童读了，不是也可以从中得到一点启发，从中悟出一些有用的东西来吗？

一九八六年六月六日

回家

从医院里捡回来了一条命，终于带着它回家来了。

由于自己的幼稚、固执、迷信"癣疥之疾"的说法，竟走到了向阎王爷那里去报到的地步。也许是因为文件盖的图章不够数，或者红包不够丰满，被拒收，又溜达回来，住进了三〇一医院。这所医德、医术、医风三高的医院，把性命奇迹般地还给了我，给了我一次名副其实的新生。

现在我回家来了。

什么叫家？以前没有研究过。现在忽然间提了出来，仍然是回答不上来。要说家是比较长期居住的地方，那么，在欧洲游荡了几百年的吉卜赛人住在流动不居的大车上，这算不算家呢？我现在不想仔细研究这种介乎形而上学和形而下学之间的学问，还是让我从医院说起吧。

这所医院是全国著名的，称之为超一流，是完全名副其实的。我相信，即使是最爱挑剔的人也绝不会挑出什么毛病来。从医疗设备到医生水平，到病房的布置，到服务态度，到工作效率，等等，无不尽如人意。

就是这样一个地方，我初搬入的时候，心情还浮躁过一阵，我想到我那在燕园垂杨深处的家，还有我那盈塘季荷和小波斯猫。但是住过一阵之后，我的心情平静了，我觉得住在这里就像是住在天堂乐园里一般。一个个穿白大褂的护士小姐都像是天使，幸福就在这白色光芒里闪烁。

我过了一段十分愉快的生活。约莫一个月以后，病情已经快达到痊愈的程度。虽然我的生活仍然十分甜美，手脚上长出来的丑类已经完全消灭。笔墨照舞照弄不误，我的心情却无端又浮躁起来。我想到此地"信美非吾土"，我又想到了我那盈塘的季荷和小波斯猫。我要回家了。

回到朗润园的时候，已是黄昏时分。韩愈诗"黄昏到寺蝙蝠飞"，我现在是"黄昏到园蝙蝠飞"，空中确有蝙蝠飞着，全园还没有到灯火辉煌的程度。在薄暗中，盈塘荷花的绿叶显不出绿色，只是灰蒙蒙的一片。独有我那小波斯猫，不知是从什么地方蹿了出来，坐下惊愕了一阵，认出了是我，立即跳了上来，在我的两腿间蹭来蹭去，没完没了。它好像是要说：老伙计呀！你可是到哪里去了？叫我好想呀！我一进屋，它立即跳到我的怀里，无论如何也不离开。

第二天早晨，我照例四点多起床。最初，外面还是一片黢黑，什么东西也看不清。不久，东方渐渐白了起来，天亮了。早晨锻炼的人开始出来了，一个穿红衣服的小伙子跑步向西边去了，接着就从西面走来了那位挺着大肚子的中年妇女，跟在后面距离不太远的是那位寡居的教授夫人。这些人都是我天天早上必先见到的人物，今天也不例外。一恍神，我好像根本没有离开过这里。在医院里的四十六天，好像是在宇宙间根本没有存在过，在时间上等于一个零。

等到天光大亮的时候，我仔细观察我的季荷。此时，绿盖满塘，浓碧盈空，看了令人精神为之一振。"心有灵犀一点通"，中国人相信人心是能相通的。我现在却相信，荷花也是有灵魂的，它与人心也能相通。我的荷花掐指一算，我今年当有新生之喜，于是憋足了劲要大开一番，以示庆祝。第一朵花正开在我的窗前，是想给我一个信号。孤零零的一大朵红花，朝开夜合，确实带给了我极大的欢悦。可是荷花万没有想到，连我自己都没有想到嘛，我突然住进了医院。听北大到医院来看我的人说，荷花先是一朵，后是几朵，再后是十几朵、几十朵、上百朵，超过一百朵，开得盈塘盈池，红光照亮了朗润园，成了燕园中一道亮丽的风景线。可惜我在医院里不能亲自欣赏，只有躺在那里玄想了。

我把眼再略微抬高了一点，看到荷塘对岸的万众楼，依然雕梁画栋、金碧辉煌。楼名是我题写的。因为楼是西向的，我记得过去只有在夕阳返照中才能看清楚那三个金光闪闪的大字。今天，朝阳从楼后升起，楼前当然是黑的，但不知什么东西把阳光反射了回去，那三个大字正处在光环中，依然金光闪闪。这是极细微的小事，但是我坐在这里却感到有无穷的逸趣。

与万众楼隔塘对峙是一座小山。出我的楼门，左拐走十余步就能走到。记得若干年前，一到深秋，山上的树丛叶子颜色一变,地上的草一露枯黄相,就给人以萧瑟凄清的感觉,这正是悲秋的最佳时刻。后来栽上了丰花月季,据说一年能开花十个月。前几年一个初冬,忽然下起了一场大雪。小山上的树枝都变成了赤条条毫无牵挂,长在地上的东西都被覆盖在一片茫茫的白色之下。令我吃惊的是,我瞥见一枝月季从雪中挺出,顶端开着一朵小花,鲜红浓艳,傲雪独立。它仿佛带给我灵感,带给我活力,带给我无穷无尽的希望。我一时狂欢不能自禁。

小山上,树木丛杂,野草遍地,是鸟类的天堂。当前全世界人口爆炸,人与鸟兽争夺生存空间。燕园这一大片地带,如果从空中下看的话,一定是一片浓绿,正是鸟类所垂青的地方。因此,这里的鸟类相对来说是比较多的。

每天早晨,最先出现的往往是几只喜鹊,在山上塘边树枝间跳来跳去,兴高采烈。接着出场的是成群的灰喜鹊,也是在树枝间蹦蹦跳跳,兴高采烈。

到了春天,当然会有成群的燕子飞来助兴。此时,啄木鸟也必然飞来凑趣,把古树敲得砰砰作响,好像要给这一场万籁齐鸣的音乐会敲起鼓点儿。

空中又响起了布谷鸟清脆的鸣声,由远到近,又由近到远,终于消逝在太空中。

我感到遗憾的是,以前每天都看到乌鸦从城里飞向远郊,成百,上千,黑压压一片。今天则片影无存了。我又遗憾见不到多少麻雀。二十世纪五十年代被某一个人无端定为"四害"之一的麻雀,曾被全国人民群起而攻之,酿成了举世闻名的闹剧。现在则濒于灭绝。在小山上偶尔见到几只,灰头土脑,然而却惊为奇宝了。

幼时读唐诗,读了"西塞山前白鹭飞""两个黄鹂鸣翠柳,一行白鹭上青天",曾向往白鹭青天的境界,只是没有亲眼看见过。一直到一九五一年访问印度,曾在从加尔各答乘车到国际大学的路上,在一片浓绿的树木和荷塘上面的天空里,才第一次看到白鹭上青天的情景,顾而乐之。

第二次见到白鹭是在前几年游广东佛山的时候。在一片大湖的颇为遥远的对岸上绿树成林,树上都开着白色的大花朵。最初我真以为是花。然而不久却发现,有的花朵竟然飞动起来,才知道不是花朵,而是白鸟。我又顾而乐之。

其实就在我入医院前不久,我曾瞥见一只白鸟从远处飞来,一头扎进荷叶丛中,不知道在里面鼓捣了些什么,过了许久,又从另一个地方飞出荷叶丛,直上青天,转瞬就消逝得无影无踪了。我难道能不顾而乐之吗?

现在我仍然枯坐在临窗的书桌旁边,时间是回家的第二天早上。我的身子确实没有挪窝儿,但是思想却是活跃异常。我想到过去,想到眼前,又想到未来,甚至神驰万里想到了印度。时序虽已是深秋,但是我的心中却仍是春意盎然。我眼前所看到的、脑海里所想到的东西,无一不笼罩上一团玫瑰般的嫣红,无一不闪出耀眼的光芒。

记得小时候常见到贴在大门上的一副对联"万物静观皆自得,四时佳兴与人同",现在朗润园中的万物,鸟兽虫鱼、花草树木，无不自得其乐。连这里的天都似乎特别蓝，水都似乎特别清。眼睛所到之处，无不令我心旷神怡。思想所到之处，无不令我逸兴遄飞。我真觉得，大自然特别可爱，生命特别可爱，人类特别可爱，一切有生无生之物特别可爱，祖国特别可爱，宇宙万物无有不可爱者。欢喜充满了三千大千世界。

现在我十分清醒地意识到，我是带着捡回来的新生回家来了。

我的家是一个温馨的家。

二〇〇二年十月十四日

月是故乡明

每个人都有个故乡，人人的故乡都有个月亮。人人都爱自己故乡的月亮。事情大概就是这个样子。

但是，如果只有孤零零一个月亮，未免显得有点孤单。因此，在中国古代诗文中，月亮总有什么东西当陪衬，最多的是山和水，什么"山高月小""三潭印月"，等等，不可胜数。

我的故乡是在山东西北部大平原上。我小的时候，从来没有见过山，也不知山为何物。我曾幻想，山大概是一个圆而粗的柱子吧，顶天立地，好不威风。以后到了济南，才见到山，恍然大悟：山原来是这个样子呀！因此，我在故乡里望月，从来不同山联系。像苏东坡说的"月出于东山之上，徘徊于斗牛之间"，完全是我无法想象的。

至于水，我的故乡小村却大大地有。几个大苇坑占了小村面积一多半。在我这个小孩子眼中，虽不能像洞庭湖"八月湖水平"那样有气派，但也颇有一点烟波浩渺之势。到了夏天，黄昏以后，我在坑边的场院里躺在地上，数天上的星星。有时候在古柳下面点起篝火，然后上树一摇，成群的知了飞落下来，比白天用嚼烂的麦粒去粘要容易得多。我天天晚上乐此不疲，天天盼望黄昏早早来临。

到了更晚的时候，我走到坑边，抬头看到晴空一轮明月，清光四溢，与水里的那个月亮相映成趣。我当时虽然还不懂什么叫诗兴，但也顾而乐之，心中油然有什么东西在萌动。有时候在坑边玩很久，才回家睡觉。在梦中见到两个月亮叠在一起，清光更加晶莹澄澈。第二天一早起来，我到坑边苇子丛里去捡鸭子下的蛋，白白地一闪光，手伸向水中，一摸就是一个蛋。此时更是乐不可支了。

我只在故乡待了六年，以后就离乡背井，漂泊天涯。在济南住了十多年，在北京度过四年，又回到济南待了一年。然后在欧洲住了近十一年，重又回到北京，到现在已经四十多年了。在这期间，我曾去过世界上将近三十个国家，我看过许许多多的月亮。在风光旖旎的瑞士莱芒湖上，在平沙无垠的非洲大沙漠中，在碧波万顷的大海中，在巍峨雄奇的高山上，我都看到过月亮。这些月亮应该说都是美妙绝伦的，我都异常喜欢。但是，看到它们，我立刻就想到我故乡中那个苇坑上面和水中的那个小月亮。对比之下，无论如何我也感到，这些广阔世界的大月亮，万万比不上我那心爱的小月亮。不管我离开我的故乡多少万里，我的心立刻就飞来了。我的小月亮，我永远忘不掉你！

我现在已经年近耄耋，住的朗润园是燕园胜地。夸大一点说，此地有茂林修竹、绿水环流，还有几座土山点缀其间，风光无疑是绝妙的。前几年，我从庐山休养回来，一个同在庐山休养的老朋友来看我。他看到这样的风光,慨然说:"你住在这样的好地方,还到庐山去干吗呢!"可见朗润园给人印象之深。此地既然有山,有水,有树,有竹,有花,有鸟,每逢望夜,一轮当空,月光闪耀于碧波之上,上下空蒙,一碧数顷,而且荷香远溢,宿鸟幽鸣,真不能不说是赏月胜地。荷塘月色的奇景,就在我的窗外。不管是谁来到这里,难道还能不顾而乐之吗?

然而,每值这样的良辰美景,我想到的却仍然是故乡苇坑里的那个平凡的小月亮。见月思乡,已经成为我经常的经历。思乡之病,说不上是苦是乐,其中有追忆,有惆怅,有留恋,有惋惜。流光如逝,时不再来。在微苦中实有甜美在。

月是故乡明。我什么时候能够再看到我故乡里的月亮呀?我怅望南天,心飞向故里。

一九八九年十一月三日

故乡行[①]

楔子

杜甫诗"人生七十古来稀",这话对过去来说是符合实际情况的,到了今天,已经不大行了。今天应该说"人生九十今不稀"了。

不知道是由于哪一路神灵的呵护,我竟然活到了九十岁,已经超过了我预算的将及一倍,而且还丝毫没有想打住的意思。这件事就被我那众多的朋友和学生当作了一件大事。于是从去年以来,在将近一年的时间内,我的老少朋友,用多种不同的形式为我祝寿。今年五月,北京大学又为我举行了盛大的祝寿大会,教育部、外交部、山东省政府、聊城和临清市政府的一些领导同志,还有几个国家的大使,都亲自参加,我的老友们和学生们也都参加,不在话下,一时成了一个小规模的盛会。对我自己来

---

① 本文为节选。

说，我既感且愧。藐予小子，有何德能，竟能成为一个"祝寿专业户"！在每次会上，我都兴会淋漓，心潮澎湃；会后却又感到疚愧不安，身疲神倦。这样一直到了今年八月。

今年八月，聊城和临清市的党政领导真挚诚恳地邀请我回故乡庆祝我的九十岁生日。高谊隆情，我无法推掉，我没有别的选择，只有答应一途。在北京想随我回乡的人实在太多，最后，几经思考协商，尽量精简，还是组成了一个相当庞大的队伍，其中有北大原党委常务副书记、副校长郝斌教授，清华大学徐林旗研究员，著名演员、导演、八一制片厂原厂长、女将军王晓棠，中央电视台著名女主持人倪萍，我的助手李玉洁、杨锐和高鸿，我的孙子季泓，以及中央电视台、香港电视台、浙江电视台、山东电视台、电影学院拍摄组、清华大学拍摄组、聊城电视台，等等，还有从临清赶来北京迎接我们的工作人员以及聊城和临清驻京办事处的陪同人员。虽不能说是浩浩荡荡，然而气势已经颇有可观了。我这个寿星老眼昏花，只见到一张张满含笑容的面孔，至于究竟谁是谁，我真有点扑朔迷离了。

我是一个考虑问题过分细致的人，常怀杞人之忧，时有临深之惧。这样一个临时拼凑成的队伍，住的地方不在一处，如果通知不能及时普遍地送到，则到车站集合时，必然会七零八落。我因此就惴惴不安。然而当我乘的汽车经过特批开到站台上软卧车厢门口时，所有的人都已先我到达。我大喜过望，心里一块石头落了地，在众人的簇拥下登上了京九线我们包下的软卧车厢，在吉星高照下，火车慢慢地开动。

在车厢中

我们包乘的这一列软卧,大概有九个房间,我们包了八个,其余一个是乘务员使用的。我们三四十个人就分住了八间车厢内。据说这还不够,有一些人还得乘坐硬座。

火车一驶出北京,我就如鱼得水,十分快乐。陶渊明诗"久在樊笼里,复得返自然",可以为我的心情写照。我是农民的儿子,但一生住在大城市中,时时渴望能够回到我孩提时所住的农村。"身在曹营心在汉",这个比喻对我来说并不确切,但约略有相似之处。我在文章中多次讲到喜雨,这并非完全出于文人的雅兴,我关心雨,因为雨是农民的命根子,特别是在我的家乡人工灌溉还不能普遍的地区。今年北方又大旱,这对农民是一个极大的打击。我希望见到农村,但又怕见到的是赤地千里、一片荒芜的农村,心中为之惴惴不安久矣。

完全出我意料,我在铁路两旁看到的是一片绿色,从北京、河北,一直到山东,绿色千里,生意盎然。我眼睛不好,看不清种的是什么庄稼,只是根据我小时候的印象,能够分清高粱和玉蜀黍而已。田地里不见有多少人在干活,大概是秋收的时间还没有到吧。时见小桥流水,红砖小房,一条条的小路,在浓得化不开的大片浓绿上,画上了一条条的白线,白线上有时看到行人、自行车和拖拉机。村庄中大概也会有鸡鸣犬吠,可是火车上是听不到的。看来整个农村是和平的、安乐的。

回顾车中,则显得十分忙碌、热闹。最忙的是各路人马的电视台。他们有的不远千里而来，就是为了拍摄车中的情景，这是他们的天职，我们只有帮助之义务，没有厌烦之权利。他们有的人穿着崭新的衣服，却不辞劳苦，不避脏物，不时跪在地上拍摄。争抢制高点，争抢最佳视角，竞争并不冲突，抢先而不横闯，忙碌而有序，紧张而有礼，没看到哪个人对哪个人红过脸，说过不好听的话。可是他们争分夺秒却绝不含糊。我们这些从各个不同单位来的人，有的是新知，有的是旧友，彼此到屋子里去闲谈，其乐也融融。倪萍那两岁多一点的儿子小虎子，十分逗人喜爱，谁见了谁爱，他也不怕生人，从一间屋走向另一间，他成了大家的"宠物"，为我们的旅途增添了无量乐趣。

盛大的欢迎

在不知不觉中，仿佛一转瞬间，火车就到了我们的目的地，山东临清。临清是我的故乡，但是我这一次并没有"少小离家老大回"的感觉，因为最近几年我已经回来过好几次了。我忽然想到，中国古代文人学士，特别是那些出身于穷乡僻壤的人，青年和中年大概都是在大都市里厮混，争名逐利，有的成龙，有的成蛇。到了老年，要下岗退休——当年是不是有"离休"这个词儿？——文雅的说法是"退隐林下"。这是人生中一件大事，所以就特别重视。有地位的人请著名文人赋诗、写文章。我小时候读《古文观止》，就读到过"仕宦而至将相，富贵而归故乡"这样的句子。我是一介书生，既不富，也不贵，将相更不沾边儿。

因此，我这次还乡，这样的感觉都是没有的，我的心情只是平静、喜悦，还有点兴奋。

但是，火车刚一停下，我就大大地吃了一惊。临清站不是个大站，站台并不大。然而，就在这个不大的站台上，却挤满了人。据介绍，临清市的党政领导，除万庆阳书记因公出国不能参加外，所有的人几乎全到了：李吉增市长、孙景山人大常委会主任、蒋保江政协主席、洪玉振副书记兼副市长、牟桂禄主任、张连臣部长，以及几位副书记、副市长和其他团体的领导同志，济济一台，都到齐了。这可是我万万没有想到的。我在吃惊之余，心情十分激动，被簇拥着走出了车站。我瞥见办公室内车站工作人员都站在玻璃窗后向外观望，他们大概认为这样的情景是十分稀见的。此时在车厢中曾经出现在我脑海里的那些古代咏怀返乡的诗词，都一股脑儿被抛到爪哇国里去了，心头只洋溢着故乡人的热情，眼前只看到故乡和煦的阳光，鼻子里只嗅到故乡清新的空气。

走出车站，看到站前广场中停放着大小不等的汽车十余辆。我们按照接待人员的分配，登上了不同的车。车一开动，才知道第一辆是开道的警车，前面闪着红灯，下面响着喇叭，后面跟着一条汽车长龙，在行人不太多的大马路上，呼啸而过。每隔几十米，就有一个值岗的警察，看到车队，就举手敬礼。我坐在车内，暗自发笑：这与自己的地位多么不配！在北京时，我有时也碰到过这样的场面。在十里长街上，只要一看到岗警增多，不久就能听到警车开道的声音，我们的车赶快退避三舍，乖乖地躲到一旁，目击汽车长龙呼啸而过。这是我们国家领导人迎接外国元首的车队。我坐在自己的车中，悠闲地看马路两旁和中间悬挂的五星红旗和有关国家的国旗迎风招展。今天我自己竟然也坐在车中，让别人来看，真有点不可思议。我蓦地想到了中国老百姓的两句歇后语："猪八戒做皇帝——望之不似君。"我现在不就像那个猪八戒吗？在内心的自我嘲笑中，我们的车队到了我们下榻的临清宾馆。

官庄扫墓

第二天，也就是八月六日，一大早我们就出发到官庄去。

官庄是我诞生的地方，原属清平县。忘记了是建国后的哪一年，清平县建制被撤销，东一半划归高唐县，西一半划归临清，于是我一变而成为临清人。我早年写的文章中，常见"清平"这个字眼，读者大都迷惑不解，其根源就在这里。

官庄距临清二十公里。山东公路的数量和质量都蜚声全国。临清到官庄的一段路也是柏油马路，平坦，宽敞，乘汽车四十分钟可到。回乡扫墓，本来是属于个人的私事，用不着兴师动众。可是临清市领导也派了开路的警车，还有一大批官员随行。我是一个上不得台盘的人，最不喜欢摆谱儿，可是这一次又是非摆不行了。但是我无意中发现，汽车的辆数比昨天少多了。虽然依然是招摇过市，但车队的长龙都短了不少。原来，那几个广播电台的工作人员，包括倪萍在内，都在早晨五点就离开了临清，直奔官庄，以便抢占拍摄的制高点，拍取独特的镜头。他们这种敬业精神实在让我在心中佩服不已。

我们的车队转瞬就到了官庄。唐人诗"近乡情更怯，不敢问来人"，原意大概是，当时没有近代的邮局，出门在外，与家人音讯难通。天涯游子，一旦回家，家中的情况模糊不清。谁死？谁生？一概不明。走近家乡，忐忑不安，连迎面遇到的人也怯生生地不敢问上两句。我现在却大不相同了，家里的情况，我一清二楚，根本用不着什么"怯"。

实际上，也根本容不得我有什么"怯"。官庄是一个贫困僻远的小村，全村人口不足两千人。今天大概是倾家出动，也可能还有外村来看热闹的人。因此，我们的车一进村，就被人墙堵住，只好下车。只见万头攒动，人声鼎沸，我哪里还来得及"怯"呢？小学生排成了长队，站在两旁，手执小红旗，也学城里的样子，连声不断地高呼："欢迎！欢迎！热烈欢迎！"红红的小脸蛋上溢满了欢乐、兴奋，还掺杂着一点惊异。虽然市或镇政府派来了许多军警来维持秩序，小学生的阵列还不时被后面的观众冲破，于是我面前也挤满了人，挡住了去路。我心中又暗暗地发笑：我有什么可看的呢？不过是一个颓然秃顶白发的九旬老人而已。八十四年以前，当眼前这些小学生的老爷爷、老奶奶还活着的时候，也就是我六岁以前的时候，我曾在这个村里住过六年。当时家里极穷，常年吃不饱，穿不暖。在夏天里，我是赤条条一身无牵挂，根本不知道洗手洗脸为何事。中午时分，跳入小河沟，然后爬上来在黄土堆里滚上几滚，浑身沾满了黄土，再跳入沟中洗干净，就像在影片中看到的什么国家的大象一样。现在，隔了八十多年，那个小脏孩又回来了，可是已经垂垂老矣。我感觉到，那个小脏孩是我，又不像是我。我有点发思古之幽情了。

然而，时间是异常紧迫的，幽情不容许我发得太久。有几个军警开路，我走进了义德的家。这本是我们家的旧址，义德改建、扩建，才成了现在这个格局，但究竟是什么样子，因为院子里挤满了人，我实在看不出来。我脑海里浮现的是八十多年前的样子：院子里有两棵高过房顶的大杏树，结的是酸杏，当年我的第一个老师——顺便说一句，我到现在也不知道，这个词儿是怎么来的，我那时的境况和年龄都不允许我念书的——马景功先生常来摘杏吃。同村的一个男孩子爬上房顶偷杏吃，不慎跌下来，摔断了腿，院前门旁还有一棵花椒树，而今都已踪影不见了。这些回忆都是在一刹那间出现的，确实很甜美，但都已经如云如烟，又如海上三山，无限渺茫了。此时院子里人声嘈杂，拥拥挤挤，门框都有被挤断的危险。我只坐了几分钟，就被人扶出来，冲破重围，走出大门。我回头瞥见院内拴着一头大牛，好像还有一辆拖拉机，心里想：义德的小日子大概还过得颇为红火。

我们又坐上了汽车，在人海中驶向墓地。透过车窗看到成百的乡亲走捷径，想在我们前面赶到目的地。感谢义德和孟祥的精心安排，墓地上一切都已准备就绪，有供品，有香烛，还有一挂鞭炮。大概还有别的东西，只觉得眼花缭乱，五光十色，一时难以看清了。这里共有两座坟墓，其中之一埋葬着我的祖父和祖母，两个人我都没有见过面。另一座埋葬着我的父母。我最关注的还是我母亲的坟。我一生不知道写过多少篇关于母亲的文章了，我也不知道有多少次在梦中同母亲见面了。但我在梦中看到的只是一个迷离的面影，因为母亲确切的模样我实在记不清了。今天我来到这里，母亲就在我眼前，只隔着一层不厚的黄土，然而却人天悬隔，永世不能见面了，我的眼泪夺眶而出，滴到了眼前的香烛上。我跪倒在母亲墓前，心中暗暗地说："娘啊！这恐怕是你儿子今生最后一次来给你扫墓了。将来我要睡在你的身旁！"

我站了起来，用迷离模糊的泪眼环视四周。人来得更多了，仿佛比进庄时还要多，里三层，外三层，都瞪大了眼睛，看眼前这一幕"奇景"。各路电视台的人马当然更是不甘落后，各个摆好了架势，大拍特拍。我确实没有看到倪萍。但是我回北京以后不久，看到几个月前倪萍在中央电视台主持的"聊天"节目中我与她聊天的情景，结尾处却出现了她在官庄采访老乡们的图像和我跪在母亲墓前的形象，显然是后加上去的。她大概也是在那一天黎明时分离开临清赶到官庄的。

我要离开母亲的墓地了，内心里思绪腾涌。何时再来？能否再来？都是未知数。人生至此，夫复何言！我向围观的成百上千的乡亲招了招手，表示谢意，赶快钻进了汽车，于上午十点回到了临清，前后只用了两个小时，但是为母亲扫墓的这一幕将会永远永远地印在我的心中。

二〇〇一年九月二十二日

辑二

孤独岁月，幸有书香

我们念书人都一样，嗜书如命。我小学的时候，当时学校还没有图书馆。打念中学开始，一直到出国深造，我几乎一天也没离开过图书馆。如离开图书馆，将一事无成，这不是我一个人的意见，大凡搞学问的都有这种体会。

我和北大图书馆

我对北大图书馆有一种特殊的感情,这种感情潜伏在我的内心深处,从来没有明确地意识到过。最近图书馆的领导同志要我写一篇讲图书馆的文章,我连考虑都没有,立即一口答应。但我立刻感到有点吃惊。我现在事情还是非常多的,抽点时间,并非易事。为什么竟立即答应下来了呢?如果不是心中早就蕴藏着这样一种感情的话,能出现这种情况吗?

山有根,水有源,我这种感情的根源由来已久了。

一九四六年,我从欧洲回国。去国将近十一年,在落叶满长安(长安街也)的深秋季节,又回到了北平,在北大工作,内心感情的波动是难以形容的。既兴奋,又寂寞;既愉快,又惆怅。然而我立刻就到了一个可以安身立命的地方,这就是北大图书馆。当时我单身住在红楼,我的办公室(东语系办公室)是在灰楼。图书馆就介乎其中。承当时图书馆的领导特别垂青,在图书馆里给了我一间研究室,在楼下左侧。窗外是到灰楼去的必由之路。经常有人走过,不能说是很清静。但是在图书馆这一面,却是清静异常。我的研究室左右,也都是教授研究室,当然室各有主,但是颇少见人来。所以走廊里静如古寺,真是念书写作的好地方。我能在奔波数万里、扰攘十几年,有时梦想得到一张一尺见方的书桌而渺不可得的情况下,居然有了一间窗明几净的研究室,简直如坐天堂,如享天福了。当时我真想咬一下自己的手,看一看自己是否是做梦。

研究室的真正要害还不在窗明几净——当然,这也是必要的——而在有没有足够的书。在这一点上,我也得到了意外的满足。图书馆的领导允许我从书库里提一部分必要的书,放在我的研究室里,供随时查用。我当时是东语系的主任,虽然系非常小,没有多少学生,但是,麻雀虽小,五脏俱全,仍然有一些会要开,一些公要办,所以也并不太闲。可是我一有机会,就遁入我的研究室去,"躲进小楼成一统",这地方是我的天下。我一进屋,就能进入角色,潜心默读,坐拥书城,其乐实在是不足为外人道也。我回国以后,由于资料缺乏,在国外时的研究工作无法进行,只能有多大碗,吃多少饭,找一些可以发挥自己的长处而又有利于国计民生的题目来进行研究。北大图书馆藏书甲全国大学,我需要的资料基本上都能找得到。因此还能够写出一些东西来。如果换一个地方,我必如车辙中的鲋鱼那样,什么书也看不到,什么文章也写不出,不但学业上不能进步,长此以往,必将索我于鲍鱼之肆了。

作为全国最高学府的北京大学,我们有悠久的爱国主义的革命历史传统,有实事求是的学术传统,这些都是难能可贵的。但是,我认为,一个第一流的大学,必须有第一流的设备、第一流的图书、第一流的教师、第一流的学者和第一流的管理。五个第一流，缺一不可。我们北大可以说是具备这五个第一流的。因此，我们有充分的基础，可以来弘扬祖国的优秀文化，为我国四化建设培养德才兼备的人才，对外为祖国争光，对内为人民立功，仰不愧于天，俯不怍于地，充满信心地走向光辉的未来。在这五个第一流中，第一流的图书更显得特别突出。北大图书馆是全国大学图书馆的翘楚。这是世人之公言，非我一个之私言。我们为此应该感到骄傲，感到幸福。

但是，我们全校师生员工却不能躺在这个骄傲上、这个幸福上睡大觉。我们必须努力学习，努力工作，像爱护自己的眼球一样，爱护北大，爱护北大的一草一木、一山一石，爱护我们的图书馆。我们图书馆的藏书盈架充栋，然而我们应该知道，一部一册来之不易，一页一张得之维艰。我们全体北大人必须十分珍惜爱护。这样，我们的图书馆才能有长久的生命，我们的骄傲与幸福才有坚实的基础。愿与全校同仁共勉之。

一九九一年十一月六日

温馨的回忆

一想到清华图书馆,一股温馨的暖流便立即油然涌上心头。

在清华园念过书的人,谁也不会忘记两馆:一个是体育馆,一个就是图书馆。

专就图书馆而论,在当时一直到今天,它在中国大学中绝对是一流的。光是那一座楼房建筑,就能令人神往。淡红色的墙上,高大的玻璃窗上,爬满了绿叶葳蕤的爬山虎。解放后,曾加以扩建,建筑面积增加了很多;但是整个建筑的庄重典雅的色调,一点也没有遭到破坏。与前面雄伟的古希腊建筑风格的大礼堂,形成了双峰并峙的局面,一点也不显得有任何逊色。

至于馆内藏书之多,插架之丰富,更是闻名遐迩。不但能为本校师生服务,而且还能为外校,甚至外国的学者提供稀有的资料。根据我的回忆,馆员人数并不多,但是效率极高,而且极有礼貌,有问必答,借书也非常方便。当时清华学生宿舍是相当宽敞的,一间屋住两人,每人一张书桌,在屋里读书也是很惬意的。但是,我们还是愿意到图书馆去,那里更安静,而且参考书极为齐全。书香飘满了整个阅览大厅,每个人说话走路都是静悄悄的。人一走进去，立即为书香所迷，进入角色。

我在校时，有一位馆员毕树棠老先生，胸罗万卷，对馆内藏书极为熟悉，听他娓娓道来，如数家珍。学生们乐意同他谈天，看样子他也乐意同青年们侃大山，是一个极受尊敬和欢迎的人。一九四六年，我出国十多年以后，又回到北京，是在北京大学工作。我打听清华的人，据说毕老先生还健在，我十分兴奋，几次想到清华园去会一会老友；但都因事未果，后来听说他已故去，痛失同这位鲁殿灵光见面的机会，抱恨终天了。

书籍是人类文化和智慧的最重要的载体。世界各国、各地，只要有文字、有书籍的地方，书籍就必然承担起这个十分重要的责任。没有书籍，人类文化的发展，人类社会的进步，就会受到极大的影响，遇到极大的障碍，延缓前进的步伐。而图书馆就是储存这些重要载体的地方。在人类历史上，世界上各个国家，中国的各个朝代，几乎都有类似今天图书馆的设备。这是人类文化之所以能够代代传承下来的重要原因，我们对图书馆必须给予最高的赞扬。

清华大学，包括留美预备学堂和国学研究院在内，建校八十来年以来，颇出了一些卓有建树、蜚声士林的学者和作家，其中原因很多。校歌中说的"西山苍苍，东海茫茫；吾校庄严，巍然中央"，是形象的说法，说得很玄远，其意不过是说，清华园有灵气。园中的水木清华、荷塘月色，等等，都是灵气之所钟。在这样有灵气的地方，又有全国一流的学生，有一些全国一流的教授，再加上有这样一个图书馆，焉得不培养出一些优秀人才呢!

我一想到清华图书馆,就有一种温馨的回忆,我永远不会忘记清华图书馆。

一九九九年六月十五日于香山饭店

就像人每天必须吃饭一样

我们念书人都一样，嗜书如命。我小学的时候，当时学校还没有图书馆。打念中学开始，一直到出国深造，我几乎一天也没离开过图书馆。如离开图书馆，将一事无成，这不是我一个人的意见，大凡搞学问的都有这种体会。

我大学是在清华念的。清华图书馆，大家都知道，是相当不错的，我与它打了四年交道。后来，我出国到德国哥廷根大学留学，在欧洲待了十年多。哥廷根虽然是个小城，但图书馆的藏书却极其丰富。我研究的是古代印度语言，应该说这是一门偏僻的学问。在那十年中，我写了不少文章，需要用大量资料，可哥廷根大学图书馆几乎都能满足我，借不到书的时候非常少。若借不到，他们会到别的地方去帮你借。

一九四六年，在落叶铺满长安街的深秋季节，我回到了北平，到北大工作。北大图书馆藏书甲全国大学。当时图书馆领导对我格外开恩，在图书馆里给了我一间研究室，并允许我从书库中提一部分必要的书，拿回我的研究室，供我随时查用和研读。我一有空闲，便潜入我的研究室，"躲进小楼成一统"，潜心默读，坐拥书城。在那个动荡的岁月，能觅到一处可以安身立命的清静世界且有书读，简直是太令人兴奋了。

我与北京图书馆有很深的历史渊源。我回国时，当时的北图馆长是袁同礼。那时，我受袁同礼的聘请，任务是把北图有关梵文的藏书检查一下，看看全不全，这个工作我做了。

解放后，王重民先生代北图馆长。郑振铎是文化部文物局局长。郑先生是我的老师，在清华我曾听过他的课。郑先生很有魄力，我当时曾向他建议，若要在中国建立东方学，仅靠当时图书馆的一点点藏书是远远不够的，解决的办法是"腰缠千万贯，骑鹤下欧洲"。据说，日本明治维新后，很重视文化事业，特意派人到欧洲、美国等地，专找旧书店，不管什么书，也不管当时有没有用，文理法工等什么都买，就这样，日本搜罗了大量的典籍。单就东方学来讲，日本图书馆的藏书比我们强多了。郑先生虽有雄才大略，但囿于当时客观条件，最终也没干成。当然，现在北图的藏书，有些方面还是相当不错的，像善本就堪称世界第一。但专从东方学而言，北图的藏书还不如我多。

图书馆是人类知识的宝库，是普及科学文化知识、传播信息的重要基地。不仅搞科研的人离不开它，一般的老百姓也离不开。随着社会的发展，人们对图书馆的需求会越来越大。我一生直到今天，可以说是极少离开过图书馆，就如人每天必须吃饭一样，经常而必须。第62届国际图联大会能够在中国开是件好事，我们应抓住这一契机，大力发展图书馆事业。北图的藏书量是世界第五、亚洲第一，若以我国的国际地位及北图的地位而论，大会也许早就该在中国开了。

近两年,受商潮的冲击,不少人忽视了自己形而上的精神世界的滋养与丰富,而一味地钻进了孔方兄的网络里难以抽身。这种现象在学术界也有。如果说我国学术界后继乏人,那是太绝对了,但确实走了好多人,北大也有。不过,仍有一部分人,不为外面的高工资所动,孜孜以求,皓首穷经,进出于图书馆,他们才是我国未来的希望与脊梁。只是,这类人并不多,这是颇令人担忧的。

一九九六年

获奖有感

完全出我意料，我的《赋得永久的悔》竟然获得了中国最高文学奖——鲁迅文学奖的荣誉奖。我自己认为是不够格的。

虽然我从青年时代起就舞笔弄墨，写了一些所谓文章；但是我从来不敢以文学家自命。说一句夸大一点的话，我自己认为是一个科学研究工作者。我的主要精力和兴趣都集中在对印度古代语言、中亚古代语言、佛教史以及中外文化交流史的研究上。这种别人可能认为是枯燥乏味的工作，我已经做了六七十年了，焚膏继晷，兀兀穷年，乐此不疲，心甘情愿。写一些散文之类的东西，是积习难除，而且都是在感情躁动于胸中，必须一吐为快的时候。所以我有时说：我的文章是流出来的，不是挤出来的。流出来的都会是好文章吗？那倒不一定。文章必须有真情，这是我一贯主张。但是起决定作用的还是你表达这种真情的艺术性。不管你的情是多么真，思想内容是多么宏伟，如果缺乏艺术性，就不能算是文学作品。

我认为，作家是一个非常光荣的称号，是我所衷心景仰的人。我走过大码头，见过大世面，而且是国际的大码头，国际的大世面。虽然性格内向，但是对于待人接物，应对进退，我也自有一套办法。在国外千人的学术会议上，登台发言，心不跳，手不颤。可是一见到作家，我就有点自惭形秽，局促不安。这是一种什么心理呢？至今我还没有能得到满意的解释，我还要继续研究推敲。

十几年前，我当选为中国作家协会的理事。这件事是我在报纸上看到自己的名字才知道的，我并没有参加那一次大会。以后究竟开过多少次理事会，我也没太注意，因为我一次也没有参加过。不是我没有时间，没有兴趣，而是由于上面讲到的原因。我觉得，我之所以能够当选理事，是因为我曾从许多外语中翻译过大量的文学作品，而绝不是由于我的创作。我去参加理事会是滥竽充数，一直到最后一次换届的理事会，我才亲自参加。在这一次会议上，我又被推选为中国作家协会的顾问，地位够崇高的了。"此身合是作家未？"我仍然套用陆放翁的诗句来向自己发问。答复仍在疑似之间，但已经感到有点作家的味了。

这一次，我获得鲁迅文学奖，不是凭我的翻译，而是凭我的创作。我自觉似乎向作家靠近了一点儿。说到《赋得永久的悔》这一篇散文写成的原因，完全是出于一种偶然性。《光明日报》的韩小蕙小姐想出了一个题目，叫作"永久的悔"，发函征文。别人是怎么想的，我不知道。至于我自己呢，我一看题目，立即被它吸引住了。我的"永久的悔"，就藏在我的心中，一直藏了几十年，时时在我心中躁动，有时令我寝食难安，直欲一吐为快。现在小蕙一给我机会，实在是天赐良缘。我立即动笔，几乎是一气呵成、文不加点。我大概是交稿最早的人，至少是其中之一。详情都已写在文章中，我在这里就不重复了。

文章在《光明日报》"文荟"上刊出后，得出的反应大大超出我的期望。一位在很多问题上同我意见相左的老相识对我说："你的许多文章我都不同意，但是《赋得永久的悔》却不能不让我感动和钦佩。你是一口气写成的吧？"他说得并没有错，我确实是这样写成的。这一篇文章被许多"文摘"转载，一些地方中学里还选作教材。我还接到许多相识的和不相识的老、中、青朋友的来信，对它加以赞美。我可是万万没有想到，一篇文章竟能产生这样广泛的影响。

空口无凭，我不妨选出一封信来，从中抄上几段来供大家品味。这封信是武汉大学的两名研究生写的：

> 最主要的，是我们被您在《赋得永久的悔》里面所流露出来的浓郁的亲情深深地感动了。您在文章中说，您如果以后不去济南，不去北京，不去德国，您就可能会是一个农民，一个文盲，但是您的母亲却会比您不在身边要活得长，活得好。多么崇高深沉的爱！宁愿舍弃自己的一切去换取母亲的幸福而不得，便成了一位望九之年的老人的"永久的悔"。
>
> 回想起来，我们时时以"天之骄子"而自豪，自恃青春年少、风华正茂，随波逐流，去追寻自己的梦想，在很大程度上忽略了远方的父母，忽略了父亲期待的目光和母亲渐生

的华发，忽略了故乡小河边曾有过的嬉戏奔跑。看了您的文章，我们的心受到了强烈的震动。从小到现在，我们被倾注了母亲满腔的从不企求回报的爱。我们大了，母亲也老了。我们再不能等到自己九十岁了才悔恨地想起当初不该离开母亲，忽略母亲。我们都是胸怀理想的热血青年，以自己的眼睛观察这个日新月异的社会，深深地热爱着可爱的祖国。您的心路历程，您的文章刚好告诉了我们这样一个朴实的道理：爱国应从爱母亲做起。

您的年龄比我们的爷爷还大，从民国初始一直走到改革开放的今天，历经沧桑而保持本色，您的爱母之情、爱国之心将永远激励着我们前进，提醒着我们要永葆人间真情至爱，做一个真正的人，大写的人，同样也将激励和影响着全国千千万万青年朋友的生活道路。

信就抄到这里。下面署名是"学生彭至安（法学院96硕）、刘阳（生科院97硕）"。

这一封信写得何等真挚动人啊！我们中国的青年是多么可爱啊！这一封信对我的震动比我那篇文章对他们的震动要强烈到不知多少倍。我真是做梦也没有想到，自己的一篇简单的文章竟能在社会上对青年人产生这样强烈的影响。

我现在几乎每天都收到一些素昧平生的朋友的来信，其中老、中、青年都有，而以青年为多。我写文章向来不说谎话、大话、套话，我向读者真挚坦率地交了心，读者也以同样的东西回报了我。这是我近年来最大的快乐。

我在上面已经提到，我平生倾全力去做的是科学研究工作，写点散文只能算是余兴。然而，根据我今天的认识，人们在社会中不管处于什么地位，上自高官显宦，中间有士、农、工、商，下至引车卖浆者流，我们所做的工作都必须有益于社会，有益于人民，有益于祖国，有益于全人类。如果只是为了个人利益，为了孤芳自赏，那就是社会的寄生虫。觉悟了的人民必将扬弃之，甚至消灭之而后快。那种"藏之名山，传之后人"的科学研究工作，有的也能立即产生社会效益，有的则只能俟诸未来。但是，文学作品绝大多数能立即产生社会影响，直接产生影响。我的《赋得永久的悔》就是一个最具说服力的例子。

我的禀赋不高，在很多问题上，我都是一个后知后觉者。现在，通过《赋得永久的悔》等文章所产生的社会影响，我逐渐感觉到自己似乎像是一个作家了。

一九九八年六月二日

《儒林外史》取材的来源

在所有的中国长篇小说里，除了《红楼梦》以外，我最喜欢的就是《儒林外史》。平常翻看杂书的时候，遇到与《儒林外史》有关的材料，就随时写下来。现在把笔记拿出来一看，居然已经写了很多。其中有许多条别的学者也注意过（参阅鲁迅《小说旧闻钞》、孔另境《中国小说史料》、蒋瑞藻《小说考证》）。但还有几条是以前任何学者没有注意到的，而这几条据我看对《儒林外史》取材来源的问题又可以给我们许多启示，所以我就在下面抄下来谈一谈。

尤侗《艮斋杂记》说：

> 箨庵官知府时，终日以围棋度曲自娱。长官讽之曰："闻君署中，终日只闻棋声、笛声、曲声，是否？"袁曰："然。闻明公署中，终日亦有三声。"长官问何声。袁曰："是算盘声、天秤声、板子声耳。"长官大恚，遂劾之落职。

褚人获《坚瓠集》十集卷一也记载了同一个故事：

又闻先生（袁箨庵）在武昌时，某巡道谓曰："闻贵府衙中有二声：棋子声、唱曲声。"先生对曰："老大人也有二声：天秤声、竹爿声。"某默然。未几，先生遂挂弹章。

这两条笔记都记的是袁箨庵一个人的事，大概是根据的事实。《儒林外史》第八回也有一个相同的故事：

前任泉臬司向家君说道："闻得贵府衙门里有三样声息。"王太守道："是哪三样？"蘧公子道："是吟诗声、下棋声、唱曲声。"王太守大笑道："这三样声息却也有趣的紧。"蘧公子道："将来老先生一番振作，只怕要换三样声息。"王太守道："是哪三样？"蘧公子道："是戥子声、算盘声、板子声。"

这里有两个可能：蘧太守或者就是影射的袁箨庵，或者影射的另外一个人，而吴敬梓却把袁箨庵的故事借来用到他身上。
《随园诗话》卷四说：

古闺秀能诗者多，何至今而杳然？余宰江宁时，有松江女张氏二人，寓居尼庵，自言文敏公族也。姊名宛玉，嫁淮北程家，与夫不协，私行脱逃。山阳令行文关提。余点解时，宛玉堂上献诗云："五湖深处素馨花，误入淮西估客家。得遇江州白司马，敢将幽怨诉琵琶。"余疑倩人作，女请面试。予指庭前枯树为题。女曰："明府既许婢子吟诗，诗人无跪礼。请假纸笔立吟，可乎？"余许之。乃倚几疾书曰："独立空庭久，朝朝向太阳。何人能手植，移作后庭芳？"未几，山阳冯令来，予问张氏女作何办？曰："此事不应断离。然才女嫁俗商，不称，故释其背逃之罪，且放归矣。"问何以知其才。曰："渠献诗云：'泣请神明宰，容奴返故乡。他时化蜀鸟，衔结到君旁。'"冯故四川人也。

这不完完全全就是《儒林外史》第四十回和第四十一回写的女诗人沈琼枝吗？

《酉阳杂俎》卷一说：

天宝末，交趾贡龙脑，如蝉蚕形。波斯言，老龙脑，树节方有。禁中呼为瑞龙脑。上唯赐贵妃十枚。香气彻十余步。上夏日尝与亲王棋，令贺怀智独弹琵琶。贵妃立于局前观之。上数子将输，贵妃放康国猧子于座侧，猧子乃上局，局子乱，上大悦。时风吹贵妃领巾于贺怀智巾上，良久回身方落。贺怀智归，觉满身香气非常，乃卸幞头，贮于锦囊中。及上皇复宫阙，追思贵妃不已，怀智乃进所贮幞头，具奏他日事。上皇发囊泣曰："此瑞龙脑香也。"

《儒林外史》第五十三回也有一个类似的故事：

> 陈木南又要输了。聘娘手里抱了乌云盖雪的猫，望上一扑，那棋就乱了。

这同杨贵妃的故事完全一样。我不相信这是偶合。我觉得这是吴敬梓有意的借用。

以上一共举了三个例子。仅就这三个例子说，我觉得我们就应该把自来对《儒林外史》取材来源的看法修正一下了。一般人都以为《儒林外史》里的人物大都是实有其人，上元金和的《跋》就开了一个名单。以后别人也做过同样的推测。我不否认，书中人物有很多是影射的真人；但倘若说，人既然是真的，事情也就应该是真的，这就有了问题。张铁臂的故事完全抄自《桂苑丛谈》，这别的学者也已经指出来过。我们在上面第三个例子里又指出来聘娘的故事抄袭的杨贵妃故事。这只是两个例子，实际上《儒林外史》借用以前笔记或小说的地方绝不会就只是这两处。从这里我们可以看出来，吴敬梓并不真是想替这些儒林里的人物立传，他是在作小说，同别的小说家一样。在以前的小说或笔记里，只要看到有用的材料，他就搜集起来，写到他自己的书里。倘若读者真正相信这书里所写的都是实有其人，实有其事，听了金和的话到雍乾间诸家文集里去搜寻，那就会徒劳无功了。

一九四八年一月二十三日于北大

漫谈刘姥姥

我喜欢《红楼梦》,年轻时曾读过多遍。但我不是红学家。我站在红坛下,翘首仰望,只见坛上刀光剑影,论争极为激烈。我登坛无意,参战乏力。不揣谫陋①,弄一点小玩意儿,为坛上战士助兴。

我想谈一谈刘姥姥。

在《红楼梦》中,刘姥姥只是一个顺便提到的人物。作者对她着墨不多,却活脱脱刻画出一个精通世故的农村老太婆。在第三十九回,写到刘姥姥来到了荣国府,送来了农村产的瓜果野菜,本来想当天就回去的,但是她时来运转,得到了贾母的欢心,于是就留下多住了一些天。荣国府中,大观园内,那一群以贾母为首的老太太、太太、小姐、公子,甚至那一些上得台盘的大丫头,天天锦衣玉食,养尊处优,除了间或饮宴赋诗之外,互相也产生一些小矛盾,耍些小心眼,总而言之,生活是十分单调、呆板、寂寞、无聊。这样的生活环境,他们自己是无

---

① 谦词,意为没有估量自己的浅薄、浅陋。谫,音jiǎn,通"简",浅薄。

法改变的。现在忽然从天上掉下来一个乡下老婆子。鸳鸯首先打上了刘姥姥的主意,她笑着说:"天天咱们说,外头老爷们,饮酒吃饭,都有个凑趣儿的。咱们今儿也得了个女清客了。"她是想捉弄一下刘姥姥,逗逗乐儿,让大家开一开心。在《红楼梦》里,凡是干坏事儿,几乎都有凤姐儿一份。这一次,她又同鸳鸯勾结,狼狈为奸。她们先拿给刘姥姥一双老年四楞象牙镶金的筷子,沉甸甸的,让她夹不起菜。事前又告诉她,要说些什么话。贾母一说:"请!"刘姥姥便站起身来,高声说道:"老刘,老刘,食量大如牛,吃个老母猪不抬头!"说完,鼓着腮帮子,两眼直视,一声不语。"上上下下都一齐哈哈大笑起来。"下面就是那个有名的一个鸽子蛋值一两银子的故事,限于篇幅,我不再引了。

总之,刘姥姥这一次客串清客,获得了异常大的成功。大观园中这一群老太太、太太、小姐、公子,看到了在凤姐导演下的刘姥姥的表演,笑得前仰后合。对他们来说,这是极难得的机遇。刘姥姥则乘机饱餐一顿,真可谓皆大欢喜。

刘姥姥对自己表演的这个角色明白不明白呢?她完全明白。她对鸳鸯说:"姑娘说哪里的话?咱们哄着老太太开个心儿,有什么恼的。你先嘱咐我,我就明白了,不过大家取笑儿。我要恼,我就不说了。"不但刘姥姥心里明白,连作者也是清楚的。在第三十九回,作者写道:"刘姥姥虽是个村野人,却生来的有些见识,况且年纪老了,世情上经历过的,见头一件贾母高兴,第二件这些哥儿姐儿都爱听,便没话也编出些话来讲。"总之,我的印象是，荣国府里这些皇亲国戚，本来是想让刘姥姥出出丑，供他们喜乐，然而结果却是，表面上刘姥姥处处被动，实际上却处处主动，把这一群贵族玩弄于股掌之上。

我的结论，刘姥姥是《红楼梦》中最聪明的人。贾家破败时，抚养凤姐儿遗孤的就是刘姥姥。可见她又是一个忠厚诚恳的人。

二〇〇一年十二月一日

漫谈散文

对于散文，我有偏爱，又有偏见。为什么有偏爱呢？我觉得在各种文学体裁中，散文最能得心应手，灵活圆通。而偏见又何来呢？我对散文的看法和写法不同于绝大多数的人而已。

我没有读过《文学概论》一类的书籍，我不知道专家们怎样界定散文的内涵和外延。我个人觉得，"散文"这个词儿是颇为模糊的。最广义的散文，指与诗歌对立的一种不用韵又没有节奏的文体。再窄狭一点，就是指与骈文相对的，不用四六体的文体。更窄狭一点，就是指与随笔、小品文、杂文等名称混用的一种出现比较晚的文体。英文称之为essay，familiar essay，法文叫Essai，德文是Essay，显然是一个字。但是这些洋字也消除不了我的困惑。查一查字典，译法有多种。法国蒙田的Essai，中国译为"随笔"，英国的familiar essay，译为"散文"或"随笔"，或"小品文"。中国明末的公安派或竟陵派的散文，过去则多称之为"小品"。我堕入了五里雾中。

子曰："必也正名乎！"这个名，我正不了，我只好"王顾左右而言他"。中国是世界上散文第一大国，这绝不是"王婆卖瓜"，是必须承认的事实。在西欧和亚洲国家中，情况也有分歧。英国散文名家辈出，灿若列星。德国则相形见绌，散文家寥若晨星。印度古代，说理的散文是有的，抒情的则如凤毛麟角。世上万事万物有果必有因，这种情况的原因何在呢？我一时还说不清楚，只能说，这与民族性颇有关联。再进一步，我就穷词了。

这且不去管它，我只谈我们这个散文大国的情况，而且重点放在眼前的情况上。五四运动是中国近代史上的一件大事。在文学范围内，改文言为白话，也是中国文学史上的一件大事。七十多年以来，中国文学创作取得了长足的进步。但是，据我个人的看法，各种体裁间的发展是极不平衡的。小说，包括长篇、中篇和短篇，以及戏剧，在形式上完全西化了。这是福？是祸？我还没见到有专家讨论过。我个人的看法是，现在的长篇小说的形式，很难说较之中国古典长篇小说有什么优越之处。戏剧亦然，不必具论。至于新诗，我则认为是一个失败。至今人们对诗也没能找到一个形式。既然叫诗，则必有诗的形式，否则可另立专名，何必叫诗？在专家们眼中，我这种对诗的见解只能算是幼儿园的水平，太平淡低下了。然而我却认为，真理往往就存在于平淡低下中。你们那些恍兮惚兮、高深玄妙的理论"只堪自怡悦"，对于我却是"只等秋风过耳边"了。

这些先不去讲它，只谈散文。简短截说，我认为五四运动以来中国文坛上最成功的是白话散文，个中原因并不难揣摩。中国有悠久雄厚的散文写作传统，所谓经、史、子、集四库中都有极为优秀的散文，为世界上任何国家所无法攀比。散文又没有固定的形式。于是作者如林,佳作如云,有如八仙过海,各显神通。旧日士子能背诵几十篇上百篇散文者,并非罕事,实如家常便饭。"五四"以后,只需将文言改为白话,或抒情,或叙事,稍有文采,便成佳作。窃以为,散文之所以能独步文坛,良有以也。

但是,白话散文的创作有没有问题呢?有的,或者甚至可以说,还不少。常读到一些散文家的论调,说什么:"散文的诀窍就在一个'散'字。""散"字,松松散散之谓也。又有人说:"随笔的关键就在一个'随'字。""随"者,随随便便之谓也。他们的意思非常清楚:写散文随笔,可以随便写来,愿意怎样写,就怎样写;愿意下笔就下笔,愿意收住就收住;不用构思,不用推敲。有些作者自己有时也感到单调与贫乏,想弄点新鲜花样;但由于腹笥贫瘠,读书不多,于是就生造词汇,生造句法,企图以标新立异来济自己的贫乏。结果往往是,虽然自我感觉良好,可是读者偏不买你的账,奈之何哉!读这样的散文,就好像吃掺上沙子的米饭,吐又吐不出,咽又咽不下,进退两难,啼笑皆非。你千万不要以为这样的文章没有市场。正相反,很多这样的文章堂而皇之地刊登在全国性的报刊上。我回天无力,只有徒唤奈何了。

要想追究产生这种现象的原因,也并不困难。世界上就有那么一些人,总想走捷径,总想少劳多获,甚至不劳而获。中国古代的散文,他们读得不多,甚至可能并不读;外国的优秀散文,同他们更是风马牛不相及。而自己又偏想出点风头,露一两手。于是就出现了上面提到的那样非驴非马的文章。

我在上面提到我对散文有偏见，又几次说到"优秀的散文"，我的用意何在呢？偏见就在"优秀"二字上。原来我心目中的优秀散文，不是最广义的散文，也不是"再窄狭一点"的散文，而是"更窄狭一点"的那一种。即使在这个更窄狭的范围内，我还有更更窄狭的偏见。我认为，散文的精髓在于"真情"二字，这二字也可以分开来讲：真，就是真实，不能像小说那样生编硬造；情，就是要有抒情的成分。即使是叙事文，也必有点抒情的意味，平铺直叙者为我所不取。《史记》中许多《列传》，本来都是叙事的；但是，在字里行间，洋溢着一片悲愤之情，我称之为散文中的上品。贾谊的《过秦论》，苏东坡的《范增论》《留侯论》，等等，虽似无情可抒，然而却文采斐然，情即蕴涵其中，我也认为是散文上品。

这样的散文精品，我已经读了七十多年了，其中有很多篇我能够从头到尾地背诵。每一背诵，甚至仅背诵其中的片段，都能给我以绝大的美感享受，如饮佳茗，香留舌本；如对良友，意寄胸中。如果真有"三月不知肉味"的话，我即是也。从高中直到大学，我读了不少英国的散文佳品，文字不同，心态各异。但是仔细玩味，中英又确有相通之处：写重大事件而不觉其重，状身边琐事而不觉其轻；娓娓动听，逸趣横生；读罢掩卷，韵味无穷。有很多很多值得我们学习借鉴之处。

至于六七十年来中国并世的散文作家，我也读了不少他们的作品。虽然笼统称之为"百花齐放"，其实有成就者何止百家。他们各有自己的特色，各有自己的风格，合在一起看，直如一个姹紫嫣红的大花园，给"五四"以后的中国文坛增添了无量光彩。留给我印象最深刻最鲜明的有鲁迅的沉郁雄浑，冰心的灵秀玲珑，朱自清的淳朴淡泊，沈从文的轻灵美妙，杨朔的镂金错彩，丰子恺的厚重平实，如此等等，不一而足。至于其余诸家，各有千秋，我不敢赞一词矣。

综观古今中外各名家的散文或随笔，既不见"散"，也不见"随"。它们多半是结构谨严之作，绝不是愿意怎样写就怎样写的轻率产品。蒙田的《随笔》，确给人以率意而行的印象。我个人认为，在思想内容方面，蒙田是极其深刻的；但在艺术性方面，他却是不足法的。与其说蒙田是一个散文家，不如说他是一个哲学家或思想家。

根据我个人多年的玩味和体会，我发现，中国古代优秀的散文家，没有哪一个是"散"的，是"随"的。正相反，他们大都是在"意匠惨淡经营中"，简练揣摩，煞费苦心，在文章的结构和语言的选用上，狠下功夫。文章写成后，读起来虽然如行云流水，自然天成，实际上其背后蕴藏着作者的一片匠心。空口无凭，有文为证。欧阳修的《醉翁亭记》是流传千古的名篇，脍炙人口，无人不晓。通篇用"也"字句，其苦心经营之迹，昭然可见。像这样的名篇还可以举出一些来，我现在不再列举，请读者自己去举一反三吧。

在文章的结构方面，最重要的是开头和结尾。在这一点上，诗文皆然，细心的读者不难自己去体会。而且我相信，他们都已经有足够的体会了。要举例子，那真是不胜枚举。我只举几个大家熟知的。欧阳修的《相州昼锦堂记》开头几句话是:"仕宦而至将相,富贵而归故乡,此人情之所荣,而今昔之所同也。"据一本古代笔记上的记载,原稿并没有。欧阳修经过了长时间的推敲考虑,把原稿派人送走。但他突然心血来潮,觉得还不够妥善,立即又派人快马加鞭把原稿追了回来,加上了这几句话,然后再送走,心里才得到了安宁。由此可见,欧阳修是多么重视文章的开头。从这一件小事中,后之读者可以悟出很多写文章之法。这就绝非一件小事了。这几句话的诀窍何在呢?我个人觉得,这样的开头有雷霆万钧的势头,有笼罩全篇的力量,读者一开始读就感受到它的威力,有如高屋建瓴,再读下去,就一泻千里了。文章开头之重要,焉能小视哉!这只不过是一个例子,不能篇篇如此。综观古人文章的开头,还能找出很多不同的类型。有的提纲挈领,如韩愈《原道》之"博爱之谓仁,行而宜之之谓义,由是而之焉之谓道,足乎己无待于外之谓德"。有的平缓,如柳宗元的《小石城山记》之"自西山道口径北,逾黄茅岭而下,有二道"。有的陡峭,如杜牧《阿房宫赋》之"六王毕,四海一,蜀山兀,阿房出"。类型还多得很,不可能也没有必要一一列举。读者如能仔细观察,仔细玩味,必有所得,这是完全可以肯定的。

  谈到结尾,姑以诗为例,因为在诗歌中,结尾的重要性更明晰可辨。杜甫的《望岳》最后两句是:"会当凌绝顶,一览众山小。"钱起的《赋得湘灵鼓瑟》的最终两句是:"曲终人不见,江上数峰青。"杜甫的《赠卫八处士》的最后两句是:"明日隔山岳，世事两茫茫。"杜甫的《缚鸡行》的最后两句是："鸡虫得失无了时，注目寒江倚山阁。"这样的例子更是举不完的。诗文相通，散文的例子，读者可以自己去体会。之所以出现这种情况，原因并不难理解。在中国古代，抒情的文或诗，都贵在含蓄，贵在言有尽而意无穷，如食橄榄，贵在留有余味，在文章结尾处，把读者的心带向悠远，带向缥缈，带向一个无法言传的意境。我不敢说，每一篇文章、每一首诗都是这样。但是，文章之作，其道多端；运用之妙，存乎一心。我上面讲的情况，是广大作者所刻意追求的，我对这一点是深信不疑的。

"你不是在宣扬八股吗？"我仿佛听到有人这样责难了。我敬谨答曰："是的，亲爱的先生！我正是在讲八股，而且是有意这样做的。"同世上的万事万物一样，八股也要一分为二的。从内容上来看，它是"代圣人立言"，陈腐枯燥，在所难免。这是毫不足法的。但是，从布局结构上来看，却颇有可取之处。它讲究逻辑，要求均衡，避免重复，禁绝拖拉。这是它的优点。有人讲，清代桐城派的文章，曾经风靡一时，在结构布局方面，曾受到八股文的影响。这个意见极有见地。如果今天中国文坛上的某一些散文作家——其实并不限于散文作家——学一点八股文，会对他们有好处的。

我在上面啰啰唆唆写了那么一大篇，其用意其实是颇为简单的。我只不过是根据自己六十来年的经验与体会，告诫大家：写散文虽然不能说是"难于上青天"，但也绝非轻而易行，应当经过一番磨炼，下过一番苦功，才能有所成，绝不可掉以轻心，率尔操觚。

综观中国古代和现代的优秀散文，以及外国的优秀散文，篇篇风格不同。散文读者的爱好也会人人不同，我绝不敢要求人人都一样，那是根本不可能的。仅就我个人而论，我理想的散文是淳朴而不乏味，流利而不油滑，庄重而不板滞，典雅而不雕琢。我还认为，散文最忌平板。现在有一些作家的文章，写得规规矩矩，没有任何语法错误，选入中小学语文课本中是毫无问题的。但是读起来总觉得平淡无味，是好的教材资料，却绝非好的文学作品。我个人觉得，文学最忌单调平板，必须有波涛起伏，曲折幽隐，才能有味。有时可以采用点文言辞藻，外国句法；也可以适当地加入一些俚语俗话，增添那么一点苦涩之味，以避免平淡无味。我甚至于想用谱乐谱的手法来写散文，围绕着一个主旋律，添上一些次要的旋律；主旋律可以多次出现，形式稍加改变，目的只想在复杂中见统一，在跌宕中见均衡，从而调动起读者的趣味，得到更深更高的美感享受。有这样有节奏有韵律的文字，再充之以真情实感，必能感人至深，这是我坚定的信念。

　　我知道，我这种意见绝不是每个作家都同意的。风格如人，各人有各人的风格，绝不能强求统一。因此，我才说：这是我的偏见。说"偏见"，是代他人立言。代他人立言，比代圣人立言还要困难。我自己则认为这是正见，否则我绝不会这样刺刺不休地来论证。我相信，大千世界，文章林林总总，争鸣何止百家！如蒙海涵，容我这个偏见也占一席之地，则我必将感激涕零之至矣。

一九九八年五月二十五日

成语和典故

成语，旧《辞源》的解释是："谓古语也。凡流行于社会，可证引以表示己意者皆是。"典故，《现代汉语词典》的解释是："诗文里引用的古书中的故事或词句。"后者的解释不够全面，除了"古典"外，有些人还用"今典"这个词儿。

成语和典故是一种语言的精华，是一个民族智慧的结晶，是高水平文化的具体表现。短短几个字或一句话，却能唤起人们的联想，能蕴含无穷无尽的意义，有时是用千言万语也难以表达清楚的。中国古代文人，特别是诗人和词人，鲜有不用典者，一个最著名的例外是李后主。

在世界上各大民族中，成语和典故最丰富多彩的是哪一个民族呢？这个问题，我想，考虑到的人极少极少，反正我还没有遇到呢。我自己过去也从未想到过，只是到了最近，我才豁然开朗：是中国。

中国汉语浩如瀚海的诗文集是最好的证明。没有足够的古典文献的知识，有些诗词古文是无法理解的。许多古代大家的诗文集，必须有注释才能读得懂。有的大家，注释多到数十家、数百家，其故就在于此。

这情况不但见于古典诗文，连老百姓日常习用的口语也不能避免，后者通常被称为"成语"。成语和典故的区分，有时真是难解难分。我的初步的肤浅的解释是，成语一般限于语言，典故则多见诸文字。我们现在每个人每天都要说话（哑巴当然除外），话中多少都用些成语，多半是无意识的，成语已经成为我们口语中不可或缺的一个组成部分了。

成语的量大得不得了，现在市面上流行着许多版本的《汉语成语大词典》可以为证。例子是举不胜举的，现在略举数例，以见一斑。"司空见惯""一箭双雕""滥竽充数""实事求是""每况愈下""连中三元""梅开二度""独占鳌头""声东击西""坐井观天""坐山观虎斗""坐失良机""座无虚席""坐以待毙""闻鸡起舞"，等等，等等。这不过只是沧海一粟而已。在我这篇短文中，我就不自觉地使用了一些典故。连电视中的体育报道员，嘴里也有不少成语。比如，踢足球踢进第二个球，则报道员就用"梅开二度"，连踢进三个球，则是"连中三元"了。连不识字的农民有时也想"传"（读音zhuǎi）文，使用成语，比如，"实事求是"对一个农民来说实在太拗口，他便改为"以实求实"。现在常听人说"不尽人意"，实际上应该是"不尽如人意"，去掉"如"字，是不通的。但是，恐怕约定俗成，将来"不尽人意"就会一统天下了。

　　汉语的优点是说不完的，今天只能讲到这里，等以后有机会再来啰唆。

一九九九年十月十六日

作文

一

当年,我还是学生时,从小学到大学,都有"国文"一门课,现在似乎是改称"语文"了。国文课中必然包括作文一项,由老师命题,学生写作。然后老师圈点批改,再发还学生,学生细心揣摩老师批改处,总结经验,以图进步。大学或其他什么学一毕业,如果你当了作家,再写作,就不再叫作文,而改称写文章,高雅得多了。

作文或写文章有什么诀窍吗?据说是有的。旧社会许多出版社出版了一些"作文秘诀"之类的书,就是瞄准了学生的钱包,立章立节,东拼西凑,洋洋洒洒,神乎其神,实际上是一派胡言乱语,谁要想从里面找捷径、寻秘诀,谁就是天真到糊涂的程度,花了钱,上了当,"赔了夫人又折兵"。

据我浏览所及,古今中外就没有哪一位大作家真正靠什么秘诀成名成家的。记得鲁迅或其他别的作家曾说过,"作文秘诀"一类的书是绝对靠不住的。想要写好文章,只能从多读多念中来。清代的《古文观止》或《古文辞类纂》一类的书,大概就是为了这个目的而编选的。结果是流传数百年,成为家喻户晓的书,我们至今尚蒙其利。

我从小就背诵《古文观止》中的一些文章,至今背诵上口者尚有几十篇。从小学一直到高中前半,写作文用的都是文言。在小学时,作文不知道怎样开头,往往先来上一句"人生于世",然后再苦思苦想,写下面的文章。写的时候,有意或无意,模仿的就是《古文观止》中的某一篇文章。

在读与写的过程中,我逐渐悟出了一些道理。现在有人主张,写散文可以随意之所之,愿写则写,不愿写则停,率性而行,有如天马行空,实在是潇洒之至。这样的文章,确实有的。但是,读了后怎样呢?不但不如天马行空,而且像驽马负重,令人读了吃力,毫无情趣可言。

古代大家写文章,都不掉以轻心,而是简练揣摩,惨淡经营,句斟字酌,瞻前顾后,然后成篇,成为一件完美的艺术品。这一点道理,只要你不粗心大意,稍稍留心,就能够悟得。欧阳修的《醉翁亭记》,通篇用"也"字句,不是一个最明显的例子吗?

元刘埙的《隐居通议》卷十八讲道:"古人作文,俱有间架,有枢纽,有脉络,有眼目。"这实在是见道之言。这些间架、枢纽、脉络、眼目是从哪里来的呢?回答只有一个,从惨淡经营中来。

二

对古人写文章，我还悟得了一点道理：古代散文大家的文章中都有节奏，有韵律。节奏和韵律，本来都是诗歌的特点，但是，在优秀的散文中也都可以找到，似乎是不可缺少的。节奏主要表现在间架上。好比谱乐谱，有一个主旋律，其他旋律则围绕着这个主旋律而展开，最后的结果是：浑然一体，天衣无缝。读好散文，真如听好音乐，它的节奏和韵律长久萦绕停留在你的脑海中。

最后，我还悟得一点道理：古人写散文最重韵味。提到"味"，或曰"口味"，或曰"味道"，是舌头尝出来的。中国古代钟嵘《诗品》中有"滋味"一词，与"韵味"有点近似，而不完全一样。印度古代文论中有rasa（梵文）一词，原意也是"口味"，在文论中变为"情感"（sentiment）。这都是从舌头品尝出来的"美"转移到文艺理论上，是很值得研究的现象。这里暂且不提。我们现在常有人说："这篇文章很有味道。"也出于同一个原因。这"味道"或者"韵味"是从哪里来的呢？细读中国古代优秀散文，甚至读英国的优秀散文，通篇灵气洋溢，清新俊逸，绝不干瘪，这就叫作"韵味"。一篇中又往往有警句出现，这就是刘埙所谓的"眼目"。比如，骆宾王《为徐敬业讨武曌檄》中的"一抔之土未干，六尺之孤何托！"两句话，连武则天本人读到后都大受震动，认为骆宾王是一个人才。王勃《滕王阁序》中有两句："落霞与孤鹜齐飞，秋水共长天一色。"也使主人大为激赏,这就好像是诗词中的炼字炼句。王国维说:"有此一字而境界全出。"①我现在把王国维关于词的"境界说"移用到散文上来,想大家不会认为唐突吧。

纵观中国几千年写文章的历史,在先秦时代,散文和赋都已产生。到了汉代,两者仍然同时存在而且同时发展。散文大家有司马迁等,赋的大家有司马相如,等等。到了六朝时代,文章又有了新发展,产生骈四俪六的骈体文,讲求音韵,着重词彩,一篇文章,珠光宝气,璀璨辉煌。这种文体发展到了极端,就走向形式主义。韩愈"文起八代之衰",指的就是他用散文,明白易懂的散文,纠正了骈体文的形式主义。从那以后,韩愈等所谓"唐宋八大家"的文章,就俨然成为文章正宗。但是,我们不要忘记,韩愈等八大家,以及其他一些家,也写赋,也写类似骈文的文章。韩愈的《进学解》,欧阳修的《秋声赋》,苏轼的前后《赤壁赋》,等等,都是例证。

这些历史陈迹,回顾一下,也是有好处的。但是,我要解决的是现实问题。

三

我要解决什么样的现实问题呢?就是我认为现在写文章应当

---

① 据王国维《人间词话》第七则,原文应为"'红杏枝头春意闹',着一'闹'字而境界全出。'云破月来花弄影',着一'弄'字而境界全出矣"。

怎样写的问题。

就我管见所及，我认为，现在中国散文坛上，名家颇多，风格各异。但是，统而观之，大体上只有两派：一派平易近人，不求雕饰；一派则是务求雕饰，有时流于做作。我自己是倾向第一派的。我追求的目标是：真情流露，淳朴自然。

我不妨引几个古人所说的话。元盛如梓《庶斋老学丛谈》卷中上说："晦庵（朱子）先生谓欧苏文好处只是平易说道理。……又曰：作文字须是靠实说，不可架空细巧。大率七八分实，二三分文。欧文好者，只是靠实而有条理。"

上引元刘埙的《隐居通议》卷十八说："经文所以不可及者，以其妙出自然，不由作为也。左氏已有作为处，太史公文字多自然。班氏多作为。韩有自然处，而作为之处亦多。柳则纯乎作为。欧、曾俱出自然。东坡亦出自然。老苏则皆作为也。荆公有自然处，颇似曾文。唯诗也亦然。故虽有作者，但不免作为。渊明所以独步千古者，以其浑然天成，无斧凿痕也。韦、柳法陶，纯是作为。故评者曰：'陶彭泽如庆云在霄，舒卷自如。'"这一段评文论诗的话，以"自然"和"作为"为标准，很值得玩味。所谓"作为"就是"做作"。

我在上面提到今天中国散文坛上作家大体上可以分为两派，与刘埙的两个标准完全相当。今天中国的散文，只要你仔细品味一下，就不难发现，有的作家写文章非常辛苦，"作为"之态，皎然在目。选词炼句，煞费苦心。有一些词还难免有似通不通之处。读这样的文章，由于"感情移入"之故吧，读者也陪着作者如负重载,费劲吃力。读书之乐,何从而得?

在另一方面,有一些文章则一片真情,纯任自然,读之如行云流水,毫无扞格①不畅之感。措辞遣句,作者毫无生铸硬造之态,毫无"作为"之处,也是由于"感情移入"之故吧。读者也同作者一样,或者说是受了作者的感染,只觉得心旷神怡,身轻如燕。读这样的文章,人们哪能不获得最丰富活泼的美的享受呢?

我在上面曾谈到,有人主张,写散文愿意怎样写就怎样写,愿写则写,愿停则停,毫不费心,潇洒之至。这种纯任"自然"的文章是不是就是这样产生的呢?不,不,绝不是这样。我在上面已经谈到惨淡经营的问题。我现在再引一句古人的话,《湛渊静语》上引柳子厚答韦中立云:"故吾每为文章,未尝敢以轻心掉之。"上面引刘埙的话说"柳则纯乎作为",也许与此有关。但古人为文绝不掉以轻心,惨淡经营多年之后,则又返璞归真,呈现出"自然"来。其中道理,我们学为文者必须参悟。

一九九七年十月三十日

---

① 意为互相抵触。扞,音hàn。

辑三

天地万物，无不关情

这短短的车上观日出的经历，对我来说，简直像是一次神秘的天启。它让我暂时离开了尘世，离开了火车，甚至离开了我自己。我体会到变中有不变，不变中又有变；我体会到变化与速度的交互融合，交互影响。

清塘荷韵

楼前有清塘数亩。记得三十多年前初搬来时,池塘里好像是有荷花的,我的记忆里还残留着一些绿叶红花的碎影。后来时移事迁,岁月流逝,池塘里却变得"半亩方塘一鉴开,天光云影共徘徊",再也不见什么荷花了。

我脑袋里保留的旧的思想意识颇多,每一次望到空荡荡的池塘,总觉得好像缺点什么。这不符合我的审美观念。有池塘就应当有点绿的东西,哪怕是芦苇呢,也比什么都没有强。最好的最理想的当然是荷花。中国旧的诗文中,描写荷花的简直是太多太多了。周敦颐的《爱莲说》读书人不知道的恐怕是绝无仅有的。他那一句有名的"香远益清"是脍炙人口的。几乎可以说,中国没有人不爱荷花的。可我们楼前池塘中独独缺少荷花。每次看到或想到,总觉得是一块心病。

有人从湖北来,带来了洪湖的几颗莲子,外壳呈黑色,极硬。据说,如果埋在淤泥中,能够千年不烂。因此,我用铁锤在莲子上砸开了一条缝,让莲芽能够破壳而出,不致永远埋在泥中。这都是一些主观的愿望,莲芽能不能够长出,都是极大的未知数。反正我总算是尽了人事,把五六颗敲破的莲子投入池塘中,下面就是听天命了。

这样一来,我每天就多了一件工作:到池塘边上去看上几次。心里总是希望,忽然有一天,"小荷才露尖尖角",有翠绿的莲叶长出水面。可是,事与愿违,投下去的第一年,一直到秋凉落叶,水面上也没有出现什么东西。经过了寂寞的冬天,到了第二年,春水盈塘,绿柳垂丝,一片旖旎的风光。可是,我翘盼的水面上却仍然没有露出什么荷叶。此时我已经完全灰了心,以为那几颗湖北带来的硬壳莲子,由于人力无法解释的原因,大概不会再有长出荷花的希望了。我的目光无法把荷叶从淤泥中吸出。

但是,到了第三年,却忽然出了奇迹。有一天,我忽然发现,在我投莲子的地方长出了几个圆圆的绿叶,虽然颜色极惹人喜爱,但是细弱单薄,可怜兮兮地平卧在水面上,像水浮莲的叶子一样。而且最初只长出了五六个叶片。我总嫌这有点太少,总希望多长出几片来。于是,我盼星星,盼月亮,天天到池塘边上去观望。有校外的农民来捞水草,我总请求他们手下留情,不要碰断叶片。但是经过了漫漫的长夏,凄清的秋天又降临人间,池塘里浮动的仍然只是孤零零的那五六个叶片。对我来说,这又是一个虽微有希望但究竟仍是令人灰心的一年。

真正的奇迹出现在第四年上。严冬一过,池塘里又溢满了春水。到了一般荷花长叶的时候,在去年漂浮着五六个叶片的地方,一夜之间,突然长出了一大片绿叶,而且看来荷花在严冬的冰下并没有停止行动，因为在离开原有五六个叶片的那块基地比较远的池塘中心，也长出了叶片。叶片扩张的速度，扩张范围的扩大，都是惊人地快。几天之内，池塘内不小一部分，已经全为绿叶所覆盖。而且原来平卧在水面上的像是水浮莲一样的叶片，不知道是从哪里聚集来了力量，有一些竟然跃出了水面，长成了亭亭的荷叶。原来我心中还迟迟疑疑，怕池中长的是水浮莲，而不是真正的荷花。这样一来，我心中的疑云一扫而光：池塘中生长的真正是洪湖莲花的子孙了。我心中狂喜，这几年总算是没有白等。

　　天地萌生万物，对包括人在内的动植物等有生命的东西，总是赋予一种极其惊人的求生存的力量和极其惊人的扩展蔓延的力量，这种力量大到无法抗御。只要你肯费力来观摩一下，就必然会承认这一点。现在摆在我面前的就是我楼前池塘里的荷花。自从几个勇敢的叶片跃出水面以后，许多叶片接踵而至。一夜之间，就出来了几十枝，而且迅速地扩散、蔓延。不到十几天的工夫，荷叶已经蔓延得遮蔽了半个池塘。从我撒种的地方出发，向东西南北四面扩展。我无法知道，荷花是怎样在深水中淤泥里走动。反正从露出水面的荷叶来看，每天至少要走半尺的距离，才能形成眼前这个局面。

　　光长荷叶，当然是不能满足的。荷花接踵而至，而且据了解荷花的行家说，我门前池塘里的荷花，同燕园其他池塘里的，都不一样。其他地方的荷花，颜色浅红；而我这里的荷花，不但红色浓，而且花瓣多，每一朵花能开出十六个复瓣，看上去当然就与众不同了。这些红艳耀目的荷花，高高地凌驾于莲叶之上，迎风弄姿，似乎在睥睨一切。幼时读旧诗："毕竟西湖六月中，风光不与四时同。接天莲叶无穷碧，映日荷花别样红。"爱其诗句之美，深恨没有能亲自到杭州西湖去欣赏一番。现在我门前池塘中呈现的就是那一派西湖景象，是我把西湖从杭州搬到燕园里来了。岂不大快人意也哉！前几年才搬到朗润园来的周一良先生赐名为"季荷"。我觉得很有趣，又非常感激。难道我这个人将以荷而传吗？

前年和去年，每当夏月塘荷盛开时，我每天至少有几次徘徊在塘边，坐在石头上，静静地吸吮荷花和荷叶的清香。"蝉噪林愈静，鸟鸣山更幽。"我确实觉得四周静得很。我在一片寂静中，默默地坐在那里，水面上看到的是荷花的绿肥、红肥。倒影映入水中，风乍起，一片莲瓣堕入水中，它从上面向下落，水中的倒影却是从下边向上落，最后一接触到水面，三者合为一，像小船似的漂在那里。我曾在某一本诗话上读到两句诗："池花对影落，沙鸟带声飞。"作者深惜第二句对仗不工。这也难怪，像"池花对影落"这样的境界究竟有几个人能参悟透呢？

晚上，我们一家人也常常坐在塘边石头上纳凉。有一夜，天空中的月亮又明又亮，把一片银光洒在荷花上。我忽听"扑通"一声，是我的小白波斯猫毛毛扑入水中，它大概是认为水中有白玉盘，想扑上去抓住。它一入水，大概就觉得不对头，连忙矫捷地回到岸上，把月亮的倒影打得支离破碎，好久才恢复了原形。

今年夏天，天气异常闷热，而荷花则开得特欢。绿盖擎天，红花映日，把一个不算小的池塘塞得满而又满，几乎连水面都看不到了。一个喜爱荷花的邻居，天天兴致勃勃地数荷花的朵数。今天告诉我，有四五百朵；明天又告诉我，有六七百朵。但是，我虽然知道他为人细致，却不相信他真能数出确实的朵数。在荷花底下，石头缝里，旮旮旯旯，不知还隐藏着多少菁葜，都是在岸边难以看到的。粗略估计，今年大概开了将近一千朵。真可以算是洋洋大观了。

连日来，天气突然变寒，好像是一下子从夏天转入秋天。池塘里的荷叶虽然仍然是绿油一片，但是看来变成残荷之日也不会太远了。再过一两个月，池水一结冰，连残荷也将消逝得无影无踪。那时荷花大概会在冰下冬眠，做着春天的梦。它们的梦一定能够圆的。"既然冬天到了，春天还会远吗？"

我为我的"季荷"祝福。

一九九七年九月十六日中秋节

海棠花

早晨到研究所去的路上，抬头看到人家的园子里正开着海棠花，缤纷烂漫地开成一团。这使我想到自己故乡院子里的那两棵海棠花，现在想也正是开花的时候了。

我虽然喜欢海棠花，但却似乎与海棠花无缘。自家院子里虽然就有两棵，枝干都非常粗大，最高的枝子竟高过房顶，秋后叶子落光了的时候，看到尖尖的顶枝直刺着蔚蓝悠远的天空，自己的幻想也仿佛跟着爬上去，常默默地看上半天；但是要到记忆里去搜寻开花时的情景，却只能搜到很少几个断片。搬过家来以前，曾在春天到原来住在这里的亲戚家里去讨过几次折枝，当时看了那开得团团滚滚的花朵，很羡慕过一番。但这已经是很久很久以前的事情，现在回忆起来都有点渺茫了。

家搬过来以后，自己似乎只在家里待过一个春天。当时开花时的情景，现在已想不真切。记得有一个晚上同几个同伴在家南边一个高崖上游玩，向北看，看到一片屋顶，其中纵横穿插着一条条的空隙，是街道。虽然可以幻想出一片海浪，但究竟单调得很。可是在这一片单调的房顶中却蓦地看到一树繁花的尖顶，绚烂得像是西天的晚霞。当时我真有说不出的高兴，其中还夹杂着一点渴望，渴望自己能够走到这树下去看上一看。于是我就按着这一条条的空隙数起来，终于发现，那就是自己家里那两棵海棠树。我立刻跑下崖头，回到家里，站在海棠树下，一直站到淡红的花团渐渐消逝到黄昏里去，只朦胧留下一片淡白。

但是这样的情景只有过一次，其余的春天我都是在北京度过的。北京是古老的都城，尽有许多机会可以做赏花的韵事，但是自己很少有这福气，我只到中山公园去看过芍药，到颐和园去看过一次木兰。此外，就是同一个老朋友在大毒日头下面跑过许多条窄窄的灰土街道到崇效寺去看过一次牡丹，又因为去得太晚了，只看到满地残英。至于海棠，不但是很少看到，连因海棠而出名的寺院似乎也没有听说过。北京的春天是非常短的，短到几乎没有。最初还是残冬，要是接连吹上几天大风，再一看树木都长出了嫩绿的叶子，天气陡然暖了起来，已经是夏天了。

夏天一来，我就又回到故乡去。院子里的两棵海棠已经密密层层地盖满了大叶子，很难令人回忆起这上面曾经开过团团滚滚的花。长昼无聊，我躺在铺在屋里面地上的席子上睡觉，醒来往往觉得一枕清凉，非常舒服。抬头看到窗纸上历历乱乱[①]地布满了叶影。我间或也坐在窗前看点书，满窗浓绿，不时有一只绿色的虫子在上面慢慢地爬过去，令我幻想深山大泽中的行人。蜗牛爬过的痕迹就像是山间林中的蜿蜒的小路。就这样，自己可以看上

---

① 意为混乱、纷乱。历乱，混乱无序，杂乱。

半天。晚上吃过饭后,就搬了椅子坐在海棠树下乘凉,从叶子的空隙处看到灰色的天空,上面嵌着一颗一颗的星。结在海棠树下檐边中间的蜘蛛网,借了星星的微光,把影子投在天幕上。一切都是这样静。这时候,自己往往什么都不想,只让睡意轻轻地压上眉头。等到果真睡去半夜里再醒来的时候,往往听到海棠叶子窸窸窣窣地直响,知道外面下雨了。

似乎这样的夏天也没有能过几个,六年前的秋天,当海棠树的叶子渐渐地转成淡黄的时候,我离开故乡,来到了德国。一转眼,在这个小城里,就住了这么久。我们天天在过日子,却往往不知道日子是怎样过的。以前在一篇什么文章里读到这样一句话:"我们从现在起要仔仔细细地过日子了。"当时颇有同感,觉得自己也应立刻从即时起仔仔细细地过日子了。但是过了一些时候,再一回想,仍然是有些捉摸不住,不知道日子是怎样过去的。到了德国,更是如此。我本来是下定了决心用苦行者的精神到德国来念书的,所以每天除了钻书本以外,很少想到别的事情。可是现实的情况又不允许我这样做。而且祖国又时来入梦,使我这万里外的游子心情不能平静。就这样,在幻想和现实之间,在祖国和异域之间,我的思想在挣扎着。不知道怎样一来,一下子就过了六年。

哥廷根是有名的花城。来到这里的第一个春天,这里花之多,就让我吃惊。雪刚融化,就有白色的小花从地里钻出来。以后,天气逐渐转暖,一转眼,家家园子里都挤满了花。红的、黄的、蓝的、白的,大大小小,五颜六色,锦似的一片,都不知道是什么时候开放的。山上树林子里,更有整树的白花。我常常一个人在暮春五月到山上去散步，暖烘烘的香气飘拂在我的四周。人同香气仿佛融而为一，忘记了花，也忘记了自己，直到黄昏才慢慢回家。但是我却似乎一直没注意到这里也有海棠花。原因是，我最初只看到满眼繁花，多半是叫不出名字。"看花苦为译秦名"，我也就不译了。因而也就不分什么花什么花，只是眼花缭乱而已。

但是，真像一个奇迹似的，今天早晨我竟在人家园子里看到盛开的海棠花。我的心一动，仿佛刚睡了一大觉醒来似的，蓦地发现，自己在这个异域的小城里住了六年了。乡思浓浓地压上心头，无法排解。

我前面说，我同海棠花无缘。现在我不知道应该怎样说好了，乡思并不是很舒服的事情。但是在这垂尽的五月天，当自己心里填满了忧愁的时候，有这么一团十分浓烈的乡思压在心头，令人感到痛苦。同时我却又爱惜这一点乡思，欣赏这一点乡思。它使我想到：我是一个有故乡和祖国的人。故乡和祖国虽然远在天边，但是现在它们近在眼前。我离开它们的时间愈远，它们却离我愈近。我的祖国正在苦难中，我是多么想看到它呀！把祖国召唤到我眼前来的，似乎就是这海棠花，我应该感激它才是。

想来想去，我自己也糊涂了。晚上回家的路上，我又走过那个园子去看海棠花。它依旧同早晨一样，缤纷烂漫地开成一团。它似乎一点也不理会我的心情。我站在树下，待了半天，抬眼看到西天正亮着同海棠花一样红艳的晚霞。

一九四一年五月二十九日于德国哥廷根

五色梅

科纳克里是海之城、树之城,也是花之城。

我们住的院子里就开满了花。高大的树上挂着大朵的红花,篱笆上爬满了喇叭筒似的黄花,地上铺着小朵的粉红色的花,烂漫纷披,五色杂陈。

这些花我都是第一次看到,名字当然不知道。我吟咏着什么人的一句诗"看花苦为译秦名",心里颇有所感了。

但是,有一天,正当我在花园里散步的时候,我的眼前忽然一亮:我看到了什么十分眼熟的东西。仔细一看,是几株五色梅,被挤在众花丛中,有点喘不过气来,但仍然昂首怒放,开得兴会淋漓。

我从小就亲手种过五色梅。现在在离开祖国几万里的地方见到它,觉得十分顺眼,感到十分愉快。我连想都没有想,直觉地认为它就是从中国来的。现在我是他乡遇故知,大有恋恋难舍之感了。

可我立刻就问自己:为什么它一定是从中国来的呢?为什么它就不能是原生在非洲后来流传到中国去的呢?为什么它就不能

是在几内亚土生土长的呢？

这些问题我都回答不上来，我有点窘。

花木自古以来就是四海为家的。天涯处处皆芳草，没有什么地方没有美丽的花朵。原生在中国的花木传到了外国，外国的花木也传到了中国。它们由洋名而变为土名，由不习惯于那个最初很陌生的地方而变得习惯。在它们心中也许还怀念着自己的故乡吧，但是不论到了什么地方，只要一安顿下来，它们就毫不吝惜地散发出芳香，呈现出美丽，使大地更加可爱，使人们的生活更加丰富多彩。我现在却要同几内亚的五色梅攀亲论故，它们也许觉得可笑吧！

我自己也觉得可笑。低头看那几株五色梅，它们好像根本不理会我想到的那些事情，正衬着大西洋的波光涛影，昂首怒放，开得兴会淋漓。

一九六四年一月二十八日

芝兰之室

我喜欢绿色的东西。我觉得,绿色是生命的颜色。即使是在冬天,我在屋里总要摆上几盆花草,如君子兰之类。旧历元旦前后,我一定要设法弄到几盆水仙,眼睛里看到的是翠绿的叶子,鼻子里闻到的是氤氲的幽香,我顾而乐之,心旷神怡。

今年当然不会是例外。友人送给我几盆水仙,摆在窗台上。下面是一张极大的书桌,把我同窗台隔开。大概是由于距离远了一点,我只见绿叶,不闻花香,颇以为憾。

今天早晨,我一走进书房,蓦地一阵浓烈的香气直透鼻官。我愕然一愣,一刹那间,我意识到,这是从水仙花那里流过来的。我坐下,照例爬我的格子。我在潜意识里感到,既然刚才能闻到花香,这就证明,花香是客观存在着的,而且还不会是瞬间的,而是长时间的存在。可是,事实上,在那愕然一愣之后,水仙花香神秘地消逝了,我鼻子再也闻不到什么了。

这是什么原因呢?

我又陷入了想入非非中。

中国古代《孔子家语》中就有几句话:"与善人居,如入芝兰之室,久而不闻其香,即与之化矣。"我在这里关心的不是"化"与"不化"的问题,而是"久而不闻其香"。刚才水仙花给我的感受,就正是"久而不闻其香"。可见这样的感受,古人早已经有了。

我常幻想,造化小儿喜欢耍点"小"——也许是"大"——聪明,给人们开点小玩笑。他(?它?她?)给你以本能,让你舌头知味,鼻子知香,但是,又不让你长久地享受,只给你一瞬间,然后复归于平淡,甚至消逝。比如那一位"老佛爷"慈禧,在宫中时,瞅见燕窝、鱼翅、猴头、熊掌,一定是大皱其眉头。然而,八国的"老外"来到北京,她仓皇西逃,路上吃到棒子面的窝头,味道简直赛过龙肝凤髓,认为是从未尝过的美味。她回到北京宫中以后,想再吃这样的窝头,可普天之下再也找不到了。

造化小儿就是使用这样的手法来实施一种平衡的策略,使美味佳肴与粗茶淡饭,使帝后显宦与平头老百姓,等等,等等,都成为相对的东西,都受时间与地点的约束。否则,如果美味对一个人来说永远美,那么帝后显宦们的美食享受不是太长了吗?在芸芸众生中间不是太不平衡了吗?

对鼻官来说,水仙花还有芝兰的香气也只能作如是观,一瞬间,你获得了令人吃惊的美感享受;又一瞬间,香气虽然仍是客观存在,你的鼻子却再也闻不到了。

造化小儿玩的就是这一套把戏。

一九九八年二月一日

洛阳牡丹

"洛阳牡丹甲天下",这一句在中国流行了千百年的话,我是相信的,我是承认的。但是,我以前从没有意识到,这一句话的真正含义,自己并没有完全了解。

牡丹,我看得多了。在我的故乡,我看到过;在北京的许多地方,特别是法源寺和颐和园,我也看到过。牡丹花朵之大、之美,花色品种之多,确实使我惊诧不已。我觉得,唐人咏牡丹的名句"国色朝酣酒,天香夜染衣"约略可以概括。牡丹被尊为花中之王,是当之无愧的。

但是,什么叫"国色"?什么又叫"天香"?我的理解介乎明暗之间。

今年四月中旬,应洛阳北京大学校友会的邀请,我第一次到了洛阳这座"牡丹之城"。此时正是洛阳牡丹花会举行期间。今年因为气候偏冷,我们初到的第一天,连大马路旁开得最早的"洛阳红",都没有全开放。焉知天公作美,到了第二天竟然晴空万里,阳光普照。仿佛那一位大名鼎鼎的金轮圣神皇帝武则天又突然降临人间,下诏牡丹在一夜之间必须开放,不但"洛阳红"开得火红火红，连公园里那些比较名贵的品种也都从梦中醒来一般，打起精神，迎着朝阳，一一开放。

我们当然都不禁狂喜，在感谢天公之余，在忙着参观白马寺、少林寺、中岳庙和龙门石窟之余，挤出了早晨的时间，来到了牡丹最集中的地方王城公园，欣赏"甲天下"的洛阳牡丹。不看不知道，一看吓一跳。洛阳牡丹原来是这个样子呀！光看花名，就是几十上百种，个个美妙非凡，诗意盎然，我记也记不住。花的形体和颜色也各不相同。直看得我眼花缭乱，目迷五色。我想到神话里面的百花仙子，我想到《聊斋志异》里面变成美女的牡丹花神，一时搔首无言，不知道要说什么好。昨天夜里，我想到今天要来看牡丹，想了半天，把我脑海里积累了几十年的辞藻宝库，翻箱倒柜，穷搜苦索，想今天面对洛阳牡丹大展文才，把牡丹好好地描绘一番。我真希望我的笔能够生花，产生奇迹，写出一篇名文，使天下震惊。然而，到了此时此地，面对着迎风怒放的牡丹，却一点词儿也没有了，我的"才"耗尽了，一点儿也挤不出来了。我想，坐对这样的牡丹，对画家来说，名花的意态是画不出来的；对摄影家来说，是照不出来的；对作家来说，是写不出来的。我什么家都不是，更是手足无所措了。

《世说新语·任诞》第二十三有一段话：

> 桓子野每闻清歌，辄唤："奈何！"谢公闻之曰："子野可谓一往有深情。"

我对牡丹花真是一往情深。我觉得，值此时机最好的办法就是喊上几声："奈何！奈何！"

洛阳人民有福了，中国人民有福了。在林林总总全世界的无数民族中，造物主——假如真有这么一个玩意儿的话——独独垂青于我们中华民族，把牡丹这一种奇特而无与伦比的名花创造在神州大地上，洛阳人和全中国的人难道不应该感到骄傲、感到幸福吗？在王城公园里拥拥挤挤围观牡丹的千万人中，有中国人，其中包括洛阳人，也有外国人，个个脸上都流露出兴奋幸福的神情，看来世界上一切美好的东西，都既是民族的，又是全人类的。牡丹也是如此。在洛阳，在中国的洛阳，坐对迎风怒放的牡丹，我不应该只说：洛阳人民有福了，中国人民有福了，而应该说，全世界人民都有福了。

我觉得，我现在方才了解了"洛阳牡丹甲天下"这一句话的真正含义。

一九九一年五月十五日病后写

喜雨

我是农民的儿子。在过去,农民是靠天吃饭的,雨是绝对不能缺少的。因此,我从识之无的时候起,就同雨结下了剪不断理还乱的深厚的感情。

今年,北京缺雨,华北也普遍缺雨,我心急如焚。我窗外自己种的那一棵玉兰树开花的时候,甚至于我到大觉寺去欣赏那几棵声名传遍京华的二三百年的老玉兰树开花的时候,我的心情都有点矛盾。一方面我实在喜欢眼前的繁花。大觉寺我来过几次,但是玉兰花开得像今天这样,还从来没有见过。借用张锲同志一句话:"一看到这开成一团的玉兰花,眼前立刻亮了起来。"好一个"亮"字,亏他说得出来。但是,我忽然想到,春天里的一些花最怕雨打。我爱花,又盼雨,二者是鱼与熊掌的关系,不可得而兼也。我究竟何从呢?我之进退,实为狼狈。经过艰苦的"思想斗争",我毅然决然下了结论:我宁肯要雨。

在多日没有下过滴雨之后,我今天早晨刚在上面搭上铁板的阳台上坐定,头顶上铁板忽然清脆地响了一声:是雨滴的声音。我的精神一瞬间立即抖擞起来,"漫卷诗书喜欲狂",立即推开手边稿纸，静坐谛听起来。铁板上，从一两声起，清脆的响声渐渐多了起来，后来混成一团，连"大珠小珠落玉盘"也无法描绘了。此时我心旷神怡，浮想联翩。

我抬头看窗外，首先看到的就是那一棵玉兰花树，此时繁花久落，绿叶满枝。我仿佛听到在雨滴敲击下左右翻动的叶子正在那里悄声互相交谈："伙计们！尽量张开嘴巴吮吸这贵如油的春雨吧！"我甚至看到这些绿叶在雨中跳起了华尔兹舞，舞姿优美整齐。我头顶上铁板的敲击声仿佛为它们的舞步伴奏。可惜我是一个舞盲，否则我也会破窗而出，同这些可爱的玉兰树叶共同翩跹起舞。

眼光再往前挪动一下，就看到了那一片荷塘。此时冬天的坚冰虽然久已融化，垂柳鹅黄，碧水满塘，连"小荷才露尖尖角"的时候还没有到。但是，我仿佛有了"天眼通"，看到水面下淤泥中嫩莲已经长出了小芽。这些小芽眼前还浸在水中。但是，它们也感觉到了上面水面上正在落着雨滴，打在水面上，形成了一个个小而圆的漩涡。如果有摄影家把这些小漩涡摄下，这也不失为宇宙中的一种美，值得美学家们用一些只有他们才能懂的恍兮惚兮的名词来探讨甚至争论一番的。小荷花水底下的嫩芽我相信是不懂美学的，但是，它们懂得要生存，要成长。水面上雨滴一敲成小漩涡，它们立即感觉到了，它们也精神抖擞起来，互相鼓励督促起来："伙伴们！拿出自己的劲头来，快快长呀！长呀！赶快长出水面，用我们自己的嘴吮吸雨滴。我们去年开花一千多朵，引起了燕园内外一片普遍热烈的赞扬声。今年我们也学一下时髦的说法,来它一个可持续发展,开上它两三千朵,给燕园内外的人士一个更大的惊异!"和着头顶上的敲击声,小荷的声音仿佛清晰可闻,给我喜雨的心情增添了新鲜的活力。

我浮想联翩,幻想一下飞出了燕园,飞到了我的故乡,我的故乡现在也是缺雨的地方。一年前,我曾回过一次故乡,给母亲扫墓。我六岁离开母亲,一别就是八年。母亲倚闾之情我是能够理解一点的,但是我幻想,在我大学毕业以后,经济能独立了,然后迎养母亲。然而正如古人所说的:"树欲静而风不止,子欲养而亲不待。"大学二年级时,母亲永远离开了我,只留得面影迷离,入梦难辨,风木之悲伴随了我一生。我漫游世界,母亲迷离的面影始终没有离开过我。我今天已至望九之年,依然常梦见母亲,痛哭醒来,泪湿枕巾。

我离家的时候,家里已经穷得揭不开锅。但不知为什么,母亲偏有两三分田地。庄稼当然种不上,只能种点绿豆之类的东西。我三四岁的时候,曾跟母亲去摘过豆角。不管怎样,总是有了点土地。有了土地就同雨结了缘,每到天旱,我也学大人的样子,盼望下雨,翘首望天空的云霓。去年和今年,偏又天旱。在扫墓之后,在泪眼迷离中,我抬头瞥见坟头几棵干瘪枯黄的杂草,在风中摆动。我蓦地想到躺在下面的母亲,她如有灵,难道不会为她生前的那二三分地担忧吗?我痛哭欲绝,很想追母亲于地下。现在又凭空使我忧心忡忡。我真想学习一下宋代大诗人陆游:"碧章夜奏通明殿,乞借春阴护海棠。"我是乞借春雨护禾苗。

幻想一旦插上了翅膀，就绝不会停止飞翔。我的幻想，从燕园飞到了故乡，又从故乡飞越千山万水，飞到了非洲。我曾到过非洲许多国家，我爱那里的人民，我爱那里的动物和植物。我从电视中看到，非洲的广大地区也在大旱，土地龟裂，寸草不生。狮子、老虎、大象、斑马等一大群野兽，在干旱的大地上，到处奔走，寻找一点水喝、一丛草吃，但都枉然，它们什么也找不到，有的就倒毙在地上。看到这情景，我心里急得冒烟，却束手无策。中国的天老爷姓张，非洲的天老爷却不知姓字名谁，他大概也不住在什么通明殿上。即使我写了碧章，也不知向哪里投递。我苦思苦想，只有再来一次"碧章夜奏通明殿"，请我们的天老爷把现在下着的春雨，分出一部分，带着全体中国人民的深情厚谊，分到非洲去降，救活那里的人民、禽、兽，还有植物，使普天之下共此甘霖。

我的幻想终于又收了回来，我兀自坐在阳台上，谛听着头顶上的铁板被春雨敲得叮当作响，宛如天上宫阙的乐声。

一九九八年四月二十三日

火车上观日出

在晨光熹微中,我走出了卧铺车厢,走到了列车的走廊上。猛一抬头,我的全身连我的内心立刻激烈地震动了一下:东方正有一抹胭脂似的像月牙一般的红彤彤的东西腾涌出来。这是即将升起的朝阳,我心里想。

我年逾古稀,平生看日出多矣。有的是我有意去寻求的,比如泰山观日。整整五十年前,当时我还是一个青年小伙子,正在济南一个中学里教书。在旧历八月中秋,我约了两个朋友,从济南乘火车到泰安。当天下午我们就上了山。我只有二十三岁,正是精力旺盛的时候,我大跨步走过斗母宫、快活三里、五大夫松,一气登上了南天门,丝毫也没有感到什么吃力、什么惊险。此时正是暮色四垂,阴影布上群山的时候,四顾寂无一人,万古的沉寂压在我们身上。在一个鸡毛小店里住了一夜。第二天,摸黑起来,披上店里的棉被,登上玉皇顶。此时东天逐渐苍白,我瞪大了眼睛,连眨眼都不敢,盼望奇迹的出现。可是左等右等,我等待的奇迹——太阳,只是不露面。等到东天布满了一片红霞时,再仔细一看,朝阳已经像一个红色的血球,徘徊于片片的白云中，原来太阳早已经出来了。

从那以后，过了四十多年，到了八十年代初，我第一次登上了"归来不看岳"的黄山，在北海住了三天。我曾同小泓①摸黑起床，赶到一座小山顶上，那里已经黑压压地挤满了人。我们好不容易挤了上去，在人堆里争取了一块容身之地，静下心来，翘首东望，恭候日出。东天原来是灰蒙蒙一片，只是比西方、南方、北方稍微显得白亮了一点。但是，一转瞬间，亮度逐渐增高，由淡白转成了淡红，再由淡红转成了浓红，一片霞光照亮东天。再一转瞬，一抹红痕突然涌出，红痕慢慢向上扩大，由一点到一线，由一线到一片，一轮又圆又红的球终于跳出来了。

就这样，我在泰山和黄山这两个在全中国甚至全世界都以能观日出而声名远扬的名山上，看到了日出。那是我自己处心积虑一意追求而得来的。

我现在是在火车上，既非泰山，也非黄山。我做梦也没有想到会同观赏日出联系起来，我一点寻求的意思也没有。然而，仿佛眼前出现了奇迹：摆在我眼前的是不折不扣的日出。我内心的震惊不是完全很自然的吗？

这样的日出，从来没有听人说观赏过，连听人谈到过都没有。它同以前处心积虑一意追求看到的不一样，完完全全地不一样。不管在泰山，还是在黄山，我都是静止不动的。太阳虽然

---

① 指季羡林的孙子季泓。

动,也只是在一个地方动,她安详自在,慢条斯理,威严端重,不慌不忙。她在我眼中是崇高的化身,是威仪的重现。正像印度大诗人泰戈尔每天早晨对着朝阳沉思默祷那样,太阳在我眼中也是神圣不可侵犯的。

然而现在却是另一番景象。火车风驰电掣,顷刻数里,一刻也不停。而太阳也是一刻也不停,穷追不舍。她仿佛是率领着白云、朝霞、沧海、苍穹,仿佛率领着她那些如云的随从,追赶着火车,追赶着车上的我,过山、过水、过森林、过小村。有时候我甚至看到她鬓云凌乱,衣冠不整,原来的端庄威严、安详自在,一点影子都没有了。是她在处心积虑,一意追求,追求着火车上的我,一定要我观看她的出现。此时我的心情简直是用任何言语也形容不出来了。

太阳一方面穷追不舍,一方面自己在不停地变幻。最初我只看到在淡红色的云堆中慢慢地涌出了一点红色月牙似的东西。月牙逐渐扩大,扩大,扩大,最初的颜色像是朱砂,眼睛能够直视。但是,随着体积的逐渐扩大,朱砂逐渐变为金黄,光芒越来越亮,到了最后,辉光煜耀,谁要是再想看她,她的光芒就要刺他的眼睛了。等到太阳高高升起的时候,她在天空里俯视大地,俯视火车,俯视火车中的我,她又恢复了她那端庄威严、安详自在的神态,虽然是仍然跟着火车走,却再也没有那种仓促急忙的样子了。

这短短的车上观日出的经历,对我来说,简直像是一次神秘的天启。它让我暂时离开了尘世,离开了火车,甚至离开了我自己。我体会到变中有不变，不变中又有变；我体会到变化与速度的交互融合，交互影响。这种体会，我是无法说清楚的。等我回到车厢内的时候，人们还在熟睡。我仿佛怀着独得之秘，静静地坐在那里，回想刚才的一切，余味犹甘，一团焜耀的光辉还留在我的心中。

一九八四年十月十七日在烟台写初稿

一九九二年七月十日在北京写定稿

登庐山

苍松翠柏，层层叠叠，从山麓向上猛奔，气势磅礴，压山欲倒，整个宇宙仿佛沉浸在一片浓绿之中。原来这就是庐山啊！

汽车沿着盘山公路，在万绿丛中盘旋而上。我一边仿佛为这神奇的绿色所制服，一边嘴里哼着苏东坡那一首脍炙人口的诗：

横看成岭侧成峰，
远近高低各不同。
不识庐山真面目，
只缘身在此山中。

我很后悔，在年轻读中小学的时候，学习马虎，对岭与峰的细微区别没有弄清楚。到了此时，悔之晚矣。无论横看，还是侧看，我都弄不明白苏东坡用意之所在。我只觉得，苏东坡没有搔着痒处，没有真正抓住庐山的神韵，没有抓住庐山的灵魂，空留下这一首传诵古今的名篇。

到了我们的住处以后，天色已经黄昏。窗外松涛澎湃，山风猎猎，鸟鸣在耳，蝉声响彻，九奇峰朦胧耸立，天上有一弯新月。我耳朵里听到的是松声，眼睛仿佛看到了绿色。我在庐山的第一夜，做了一个绿色的梦。

中国的名山胜境，我游得不多。五十年前，我在大学毕业后，改行当了高中的国文教员。虽然为人师表，却只有二十三岁。在学生眼中，我大概只能算是一个大孩子。有一个学生含笑对我说："我比你还大五岁哩！老师！"这有什么办法呢？我当时童心未泯，颇好游玩。曾同几个同事登泰山，没费吹灰之力就登上了南天门。在一个鸡毛小店里住了一夜，第二天凌晨攀登玉皇顶，想看日出。适逢浮云蔽天，等看到太阳时，它已经升得老高了。我们从后山黑龙潭下山，一路饱览山色，颇有一点"一览众山小"的情趣。泰山给我留下了非常深刻的印象。从审美的角度上来评断，我想用两个字来概括泰山，这就是：雄伟。

六年以前，我游了黄山。从前山温泉向上攀，经过了许多名胜古迹，什么一线天、蓬莱三岛等，下午三时到了玉屏楼。回望天都峰鲫鱼背，如悬天半。在玉屏楼住了一夜，第二天再向北海前进，一路上又饱览了数不清的名胜古迹。在北海住了两夜，看到了著名的黄山云海和奇峰怪石。世之论者认为黄山以古松胜，以云海胜，以奇峰胜，以怪石胜。古人说："五岳归来不看山，黄山归来不看岳。"这是非常有见地的话。从审美的角度来评断，我也想用两个字来概括黄山，这就是：诡奇。

那一次陪我游黄山的是小泓，我们祖孙二人始终走在一起。他很善于记黄山那一些稀奇古怪的名胜的名字，我则老朽昏庸，转眼就忘，时时需要他的提醒和纠正。当时日子过得似乎平平常常，并没有觉得有什么奇妙之处，有什么值得怀念之处。但是，前几年我到安徽合肥去开会，又有游黄山的机会，我原本想再去黄山的，可是，我忽然怀念起小泓来，他已在千山万水浩渺大洋之外了。我顿时觉得，那一次游黄山，日子过得不细致，有点马马虎虎，颇有一点身在福中不知福的味道。如今回忆起来，情景历历如在眼前。哪怕是极小的生活细节，也无一不温馨可爱，到了今天，宛如一梦，那些情景永远永远不会再回来了。我觉得，再游黄山，谁也代替不了小泓。经过反复的考虑，我决意不再到黄山去了。

今天我来到了庐山，陪我来的是二泓①。在离开北京的时候，我曾下定决心，在庐山，日子一定要仔仔细细地过，认真在意地过，把每一个细枝末节、每一分钟、每一秒钟，都要仔细玩味，决不能马马虎虎，免得再像游黄山那样，日后追悔不及。我也确实这样做了。正像小泓一样，二泓也是跟我形影不离。几天以来，我们几乎游遍整个庐山。茂林修竹，大陵深涧，岩洞石穴，飞瀑名泉。他扶着我，有时候简直是扛着我，到处游观。我觉得，这一次确实是仔仔细细地过日子了，一点也没有敢疏忽大意。对一草一木、一山一石、变幻莫测的白云、流动不息的飞瀑，我都全心全意地把整个灵魂都放在上面。我只希望，到得庐山之游成为回忆时，我不再追悔。是否真正能做到这一步，我眼前还不敢夸下海口，只有等将来的事实来验证了。

---

① 指季羡林的外孙何巍。

庐山千姿百态，很难用一个字或几个字来概括。但是，总起来说，庐山给我的印象同泰山和黄山迥乎不同。在这里，不管是远山，还是近岭，无不长满了松柏。杉树更是特别郁郁葱葱，尖尖的树顶直刺云天。目光所到之处，总是绿、绿、绿，几乎看不到任何别的颜色，是一片浓绿的天地，一片浓绿的大洋。从审美的角度来看，我也想用两个字来概括庐山，这就是：秀润。

我觉得，绿是庐山的精神，绿是庐山的灵魂，没有绿就没有庐山。绿是有层次的。有时候蓦地白云从谷中升起，把苍松翠柏都笼罩起来，笼罩得迷蒙一片，此时浓绿就转成了青色，更给人以秀润之感，可惜东坡翁当年没能抓住庐山这个特点，因而没有能认识庐山的真面目，成为千古憾事。我曾在含鄱口远眺时信口写一七绝：

近浓远淡绿重重，
峰横岭斜青蒙蒙。
识得庐山真面目，
只缘身在此山中。

我自谓抓住了庐山的精神，抓住了庐山的灵魂。庐山有灵，不知以为然否？

一九八六年八月六日于庐山

老猫

老猫虎子蜷曲在玻璃窗外窗台上一个角落里,缩着脖子,眯着眼睛,浑身一片寂寞、凄清、孤独、无助的神情。

外面正下着小雨,雨丝一缕一缕地向下飘落,像是珍珠帘子。时令虽已是初秋,但是隔着雨帘,还能看到紧靠窗子的小土山上丛草依然碧绿,毫无要变黄的样子。在万绿丛中赫然露出一朵鲜艳的红花。古诗"万绿丛中一点红",大概就是这般光景吧。这一朵小花如火似燃,照亮了浑茫的雨天。

我从小就喜爱小动物。同小动物在一起,别有一番滋味。它们天真无邪,率性而行;有吃抢吃,有喝抢喝;不会说谎,不会推诿;受到惩罚,忍痛挨打,一转眼间,照偷不误。同它们在一起,我心里感到怡然、坦然、安然、欣然。不像同人在一起那样,应对进退、谨小慎微、斟酌词句、保持距离,感到异常的别扭。

十四年前,我养的第一只猫,就是这个虎子。刚到我家来的时候,比老鼠大不了多少,蜷曲在窄狭的窗内窗台上,活动的空间好像富富有余。它并没有什么特点,仅只是一只最平常的狸猫，身上有虎皮斑纹，颜色不黑不黄，并不美观。但是异于常猫的地方也有，它有两只炯炯有神的眼睛，两眼一睁，还真虎虎有虎气，因此起名叫虎子。它脾气也确实暴烈如虎。它从来不怕任何人。谁要想打它，不管是用鸡毛掸子，还是用竹竿，它从不回避，而是向前进攻，声色俱厉。得罪过它的人，它永世不忘。我的外孙打过一次，从此结仇。只要他到我家来，隔着玻璃窗子，一见人影，它就做好准备，向前进攻，爪牙并举，吼声震耳。他没有办法，在家中走动，都要手持竹竿，以防万一，否则寸步难行。有一次，一位老同志来看我，他显然是非常喜欢猫的。一见虎子，嘴里连声说着："我身上有猫味，猫不会咬我的。"他伸手想去抚摩它，可万万没有想到，我们虎子不懂什么猫味，回头就是一口。这位老同志大惊失色。总之，到了后来，虎子无人不咬，只有我们家三个主人除外，它的"咬声"颇能耸人听闻了。

但是，要说这就是虎子的全面，那也是不正确的。除了暴烈咬人以外，它还有另外一面，这就是温柔敦厚的一面。我举一个小例子。虎子来我们家以后的第三年，我又要了一只小猫。这是一只混种的波斯猫，浑身雪白，毛很长，但在额头上有一小片黑黄相间的花纹。我们家人管这只猫叫洋猫，起名咪咪；虎子则被尊为土猫。这只猫的脾气同虎子完全相反：胆小、怕人，从来没有咬过人。只有在外面跑的时候，才露出一点野性。它只要有机会溜出大门，但见它长毛尾巴一摆，像一溜烟似的立即窜入小山的树丛中，半天不回家。这两只猫并没有血缘关系。但是，不知道是由于什么原因，一进门，虎子就把咪咪看作是自己的亲生女儿。它自己本来没有什么奶,却坚决要给咪咪喂奶,把咪咪搂在怀里,让它咂自己的干奶头,它眯着眼睛,仿佛在享着天福。我在吃饭的时候,有时丢点鸡骨头、鱼刺,这等于猫们的燕窝、鱼翅。但是,虎子却只蹲在旁边,瞅着咪咪一只猫吃,从来不同它争食。有时还"咪噢"上两声,好像是在说:"吃吧,孩子!安安静静地吃吧!"有时候,不管是春夏还是秋冬,虎子会从西边的小山上逮一些小动物,麻雀、蚱蜢、蝉、蛐蛐之类,用嘴叼着,蹲在家门口,嘴里发出一种怪声。这是猫语,屋里的咪咪,不管是睡还是醒,耸耳一听,立即跑到门后,馋涎欲滴,等着吃"母亲"带来的佳肴,大快朵颐。我们家人看到这样母子亲爱的情景,都由衷地感动,一致把虎子称作"义猫"。有一年,小咪咪生了两个小猫。大概是初做母亲,没有经验,正如我们圣人所说的那样"未有学养子而后嫁者也",人们能很快学会,而猫们则不行。咪咪丢下小猫不管,虎子却大忙特忙起来,觉不睡,饭不吃,日日夜夜把小猫搂在怀里。但小猫是要吃奶的,而奶正是虎子所缺的。于是小猫暴躁不安,虎子眉头一皱,计上心来,叼起小猫,到处追着咪咪,要它给小猫喂奶,还真像一个姥姥样子。但是小咪咪并不领情,依旧不给小猫喂奶。有几天的时间,虎子不吃不喝,瞪着两只闪闪发光的眼睛,嘴里叼着小猫,从这屋赶到那屋,一转眼又赶了回来。小猫大概真是受不了啦,便辞别了这个世界。

我看了这一出猫家庭里的悲剧又是喜剧,实在是爱莫能助,惋惜了很久。

我同虎子和咪咪都有深厚的感情。每天晚上,它们俩抢着到我床上去睡觉。在冬天,我在棉被上面特别铺上了一块布,供它们躺卧。我有时候半夜里醒来,神志一清醒,觉得有什么东西重重地压在我身上,一股暖气仿佛透过了两层棉被,扑到我的双腿上。我知道,小猫睡得正香,即使我的双腿由于僵卧时间过久,又酸又痛,但我总是强忍着,决不动一动双腿,免得惊了小猫的轻梦。它此时也许正梦着捉住了一只耗子。只要我的腿一动,它这耗子就吃不成了,岂非大煞风景吗?

这样过了几年,小咪咪大概有八九岁了。虎子比它大三岁,十一二岁的光景,依然威风凛凛,脾气暴烈如故,见人就咬,大有死不悔改的神气。而小咪咪则出我意料地露出了下世[①]的光景,常常到处小便,桌子上,椅子上,沙发上,无处不便。如果到医院里去检查的话,大夫在列举的病情中一定会有一条的:小便失禁。最让我心烦的是,它偏偏看上了我桌子上的稿纸。我正写着什么文章,然而它却根本不管这一套,跳上去,屁股往下一蹲,一泡猫尿流在上面,还闪着微弱的光。说我不急,那不是真的。我心里真急,但是,我谨遵我的一条戒律:决不打小猫一掌,在任何情况之下,也不打它。此时,我赶快把稿纸拿起来,抖掉了上面的猫尿,等它自己干。心里又好气,又好笑,真是哭笑不得。家人对我的嘲笑,我置若罔闻,"全等秋风过耳边"。

我不信任何宗教,也不皈依任何神灵。但是,此时我却有点

---

① 意为死亡。

想迷信一下。我期望会有奇迹出现，让咪咪的病情好转。可世界上是没有什么奇迹的，咪咪的病一天一天地严重起来。它不想回家，喜欢在房外荷塘边上石头缝里待着，或者藏在小山的树木丛里。它再也不在夜里睡在我的被子上了。每当我半夜里醒来，觉得棉被上轻飘飘的，我惘然若有所失，甚至有点悲伤了。我每天凌晨起来，第一件事情就是拿着手电到房外塘边山上去找咪咪。它浑身雪白，是很容易找到的。在薄暗中，我眼前白白地一闪，我就知道是咪咪。见了我，"咪噢"一声，起身向我走来。我把它抱回家，给它东西吃，它似乎根本没有胃口。我看了直想流泪。有一次，我拖着疲惫的身子，走几里路，到海淀的肉店里去买猪肝和牛肉。拿回来，喂给咪咪，它一闻，似乎有点想吃的样子；但肉一沾唇，它立即又把头缩回去，闭上眼睛，不闻不问了。

　　有一天傍晚，我看咪咪神情很不妙，我预感要发生什么事情。我唤它，它不肯进屋。我把它抱到篱笆以内，窗台下面。我端来两只碗，一只盛吃的，一只盛水。我拍了拍它的脑袋，它偎依着我，"咪噢"叫了两声，便闭上了眼睛。我放心进屋睡觉。第二天凌晨，我一睁眼，三步并作一步，手里拿着手电，到外面去看。哎呀不好！两碗全在，猫影顿杳。我心里非常难过，说不出是什么滋味。我手持手电找遍了塘边、山上、树后、草丛、深沟、石缝。有时候，眼前白光一闪，"是咪咪！"我狂喜。走近一看，是一张白纸。我嗒然①若丧，心头仿佛被挖掉了点什么。

---

① 形容懊丧的神情。嗒，音tà。

"屋前屋后搜之遍，几处茫茫皆不见。"从此我就失掉了咪咪，它从我的生命中消逝了，永远永远地消逝了。我简直像是失掉了一个好友，一个亲人。至今回想起来，我内心里还颤抖不止。

在我心情最沉重的时候，有一些通达世事的好心人告诉我，猫们有一种特殊的本领，能知道自己什么时候寿终。到了此时此刻，它们决不待在主人家里，让主人看到死猫，感到心烦，或感到悲伤。它们总是逃了出去，到一个最僻静、最难找的角落里，地沟里，山洞里，树丛里，等候最后时刻的到来。因此，养猫的人大都在家里看不见猫的尸体。只要自己的猫老了，病了，出去几天不回来，他们就知道，它已经离开了人世，不让举行遗体告别的仪式，永远永远不再回来了。

我听了以后，憬然①若有所悟。我不是哲学家，也不是宗教家，但却读过不少哲学家和宗教家谈论生死大事的文章。这些文章多半有非常精辟的见解，闪耀着智慧的光芒，我也想努力从中学习一些有关生死的真理，结果却是毫无所得。那些文章中，除了说教以外，几乎没有什么有用的东西。大半都是老生常谈，不能解决什么实际问题，没能给我留下深刻的印象。现在看来，倒是猫们临终时的所作所为，即使仅仅是出于本能吧，却给了我很大的启发。人们难道就不应该向猫们学习这一点经验吗？有生必有死，这是自然规律，谁都逃不过。中国历史上赫赫有名的人物，秦皇、汉武，还有唐宗，想方设法，千方百计，想求得长生

---

① 觉悟的样子。

不老。到头来仍然是竹篮子打水一场空，只落得黄土一抔，"西风残照汉家陵阙"。我辈平民百姓又何必煞费苦心呢？一个人早死几个小时，或者晚死几个小时，甚至几天，实在是无所谓的小事，绝影响不了地球的转动、社会的前进。再退一步想，现在有些思想开明的人士，不想长生不死，不想在大地上再留黄土一抔，甚至开明到不要遗体告别，不要开追悼会。但是仍会给后人留下一些麻烦：登报，发讣告，还要打电话四处通知，总得忙上一阵。何不学一学猫们呢？它们这样处理生死大事，干得何等干净利索呀！一点痕迹也不留，走了，走了，永远地走了，让这花花世界的人们不见猫尸，用不着落泪，照旧做着花花世界的梦。

　　我忽然联想到我多次看过的敦煌壁画上的西方净土变①。所谓"净土"，指的就是我们常说的天堂、乐园，是许多宗教信徒烧香念佛、查经祷告，甚至实行苦行、折磨自己、梦寐以求想到达的地方。据说在那里可以享受天福，得到人世间万万得不到的快乐。我看了壁画上画的房子、街道、树木、花草，以及大人、小孩，林林总总，觉得十分热闹。可我觉得没有什么出奇之处。只有一件事给我留下了永不磨灭的印象，那就是，那里的人们都是笑口常开，没有一个人愁眉苦脸，他们的日子大概过得都很惬意。不像在我们人间有这样许多不如意的事情，有时候办点事，还要找后门，钻空子。在他们的商店里——净土里面还实行市场

---

① 唐代敦煌壁画中的一壁，场面恢宏，色彩绚烂，是佛教根据《无量寿经》为信徒描绘的西方极乐世界。

经济吗？他们还用得着商店吗？——售货员大概都很和气，不给人白眼，不训斥"上帝"，不扎堆闲侃，不给人钉子碰。这样的天堂乐园，我也真是心向往之的。但是给我印象最深，使我最为吃惊或者羡慕的还是他们对待要死的人的态度。那里的人，大概同人世间的猫们差不多，能预先知道自己寿终的时刻。到了此时，要死的老嬷嬷或者老头，健步如飞地走在前面，身后簇拥着自己的子子孙孙、至亲好友，个个喜笑颜开，全无悲戚的神态，仿佛是去参加什么喜事一般，一直把老人送进坟墓。后事如何，壁画不是电影，是不能动的。然而画到这个程序，以后的事尽在不言中。如果一定要画上填土封坟，反而似乎是多此一举了。我觉得，净土中的人们给我们人类争了光。他们这一手比猫们又漂亮多了。知道必死，而又兴高采烈，多么豁达！多么聪明！猫们能做得到吗？这证明，净土里的人们真正参透了人生奥秘，真正参透了自然规律。人为万物之灵，他们为我们人类在同猫们对比之下真真增了光！真不愧是净土！

上面我胡思乱想得太远了，还是回到我们人世间来吧。我坦白承认，我对人生的奥秘参透得还不够，我对自然规律参透得也还不够。我仍然十分怀念我的咪咪。我心里仿佛有一个空白，非填起来不行。我一定要找一只同咪咪一模一样的白色波斯猫。后来果然朋友又送来了一只，浑身长毛，洁白如雪，两只眼睛全是绿的，亮晶晶像两块绿宝石。为了纪念死去的咪咪，我仍然为它命名"咪咪"，见了它，就像见到老咪咪一样。过了大约又有一年的光景，友人又送了我一只据说是纯种的波斯猫，两只眼睛颜色不同,一黄一蓝。在太阳光下,黄的特别黄,蓝的特别蓝,像两颗黄蓝宝石,闪闪发光,竞妍争艳。这只猫特别调皮,简直是胆大无边,然而也因此就更特别可爱。这一下子又忙坏了虎子,它认为这两只小猫都是自己的亲生女儿,硬逼着它们吮吸自己那干瘪的奶头。只要它走出去,不知在什么地方弄到了小鸟、蚱蜢之类,就带回家来,给两只小猫吃。好久没有听到的"咪噢"唤小猫的声音,现在又听到了。我心里漾起了一丝丝甜意。这大大地减轻了我对老咪咪的怀念。

可是岁月不饶人,也不会饶猫的。这一只"土猫"虎子已经活到十四岁。据通达世情的人们说,猫的十四岁,就等于人的八九十岁。这样一来,我自己不是成了虎子的同龄"人"了吗?这个虎子却也真怪。有时候,颇现出一些老相。两只炯炯有神的眼睛里忽然被一层薄膜蒙了起来。嘴里流出了哈喇子,胡子上都沾得亮晶晶的。不大想往屋里来,日日夜夜趴在阳台上蜂窝煤堆上,不吃,不喝。我有了老咪咪的经验,知道它快不行了。我也跑到海淀,去买来牛肉和猪肝,想让它不要饿着肚子离开这个世界。我随时准备着:第二天早晨一睁眼,虎子不见了。结果虎子并没有这样干。我天天凌晨第一件事就是来看虎子:隔着窗子,依然黑乎乎的一团,卧在那里,我心里感到安慰。有时候,它也起来走动了。我在本文开头时写的就是去年深秋一个下雨天我隔窗看到的虎子的情况。

到了今天,半年又过去了。虎子不但没有走,而且顽健胜昔,仍然是天天出去。有时候在晚上,窗外的布帘子的一角蓦地被掀了起来,一个丑角似的三花脸一闪。我便知道,这是虎子回来了,连忙开门,放它进来。大概同某一些老年人一样——不是所有的老年人——到了暮年就改恶向善,虎子的脾气大大地改变了,几乎再也不咬人了。我早晨摸黑起床,写作看书累了,常常到门外湖边山下去走一走。此时,我冷不防脚下忽然踢着了一团软乎乎的东西。这是虎子。它在夜里不知道在什么地方待了一夜,现在看到了我,一下子蹿了出来,用身子蹭我的腿,在我身前和身后转悠。它跟着我,亦步亦趋,我走到哪里,它就跟到哪里,寸步不离。我有时故意爬上小山,以为它不会跟来了,然而一回头,虎子正跟在身后。猫是从来不跟人散步的,只有狗才这样干。有时候碰到过路的人,他们见了这情景,都大为吃惊。"你看猫跟着主人散步哩!"他们说,露出满脸惊奇的神色。最近一个时期,虎子似乎更精力旺盛了,它返老还童了。有时候竟带一个它重孙辈的小公猫到我们家阳台上来。"今夜我们相识。"虎子用不着介绍就相识了。看样子,虎子一去不复返的日子遥遥无期了。我成了拥有三只猫的家庭的主人。

我养了十几年猫,前后共有四只。猫们向人们学习什么,我不通猫语,无法询问。我作为一个人却确实向猫学习了一些有用的东西。上面讲过的对死亡的处理办法,就是一个例子。我自己毕竟年纪已经很大了,常常想到死的问题。鲁迅五十多岁就想到了,我真是瞠乎后矣。人生必有死,这是无法抗御的。而且我还认为,死也是好事情。如果世界上的人都不死,连我们的轩辕老祖和孔老夫子今天依然峨冠博带,坐着奔驰车,到天安门去遛弯，你想人类世界会成一个什么样子！人是百代的过客，总是要走过去的，这绝不会影响地球的转动和人类社会的进步。每一代人都只是一场没有终点的长途接力赛的一环。前不见古人，后不见来者，是宇宙常规。人老了要死，像在净土里那样，应该算是一件喜事。老人跑完了自己的一棒，把棒交给后人，自己要休息了，这是正常的。不管快慢，他们总算跑完了一棒，总算对人类的进步做出了贡献，总算尽上了自己的天职。年老了要退休，这是身体精神状况所决定的，不是哪个人能改变的。老人们会不会感到寂寞呢？我认为，会的。但是我却觉得，这寂寞是顺乎自然的，从伦理的高度来看，甚至是应该的。我始终主张，老年人应该为青年人活着，而不是相反。青年人有接力棒在手，世界是他们的，未来是他们的，希望是他们的。吾辈老年人的天职是尽上自己仅存的精力，帮助他们前进，必要时要躺在地上，让他们踏着自己的躯体前进，前进。如果由于害怕寂寞而学习《红楼梦》里的贾母，让一家人都围着自己转，这不但是办不到的，而且从人类前途利益来看是犯罪的行为。我说这些话，也许有人怀疑，我是不是碰到了什么不如意的事，才说出这样令某些人骇怪的话来。不，不，绝不。我现在身体顽健，家庭和睦，在社会上广有朋友，每天照样读书、写作、会客、开会不辍。我没有不如意的事情，也没有感到寂寞。不过自己毕竟已逾耄耋之年，面前的路有限了，不免有时候胡思乱想。而且，我同猫们相处久了，觉得它们有些东西确实值得我们学习，我们这些万物之灵应该屈尊一下，学习学习。即使只学到猫们处理死亡大事这一手，我们社会上会减少多少麻烦呀！

"那么，你是不是准备学习呢？"我仿佛听到有人这样质问了。是的，我心里是想学习的，不过也还有些困难。我没有猫的本能，我不知道自己的大限何时来到。而且我还有点担心，如果我真正学习了猫，有一天忽然偷偷地溜出了家门，到一个旮旯里、树丛里、山洞里、河沟里，一头钻进去，藏了起来，这样一来，我们人类社会可不像猫社会那样平静，有些人必然认为这是特大新闻，指手画脚，喊喊喳喳。如果是在旧社会里或者在今天的香港等地的话，这必将成为头版头条的爆炸性新闻，不亚于当年的杨乃武和小白菜。我的亲属和朋友也必将派人出去寻找，派的人也许比寻找彭加木的人还要多。这是多么可怕的事呀！因此我就迟疑起来。至于最后究竟何去何从？我正在考虑、推敲、研究。

一九九二年二月十七日

咪咪

我现在越来越不了解自己了。我原以为自己不是多愁善感的人，内心还是比较坚强的。现在才发现，这只是一个假象，我的感情其实脆弱得很。

八年以前，我养了一只小猫，取名咪咪。她大概是一只波斯混种的猫，全身白毛，毛又长又厚，冬天胖得滚圆。额头上有一块黑黄相间的花斑，尾巴则是黄的。总之，她长得非常逗人喜爱。因为我经常给她些鱼肉之类的东西吃，她就特别喜欢我。有几年的时间，她夜里睡在我的床上。每天晚上，只要我一铺开棉被，盖上毛毯，她就急不可待地跳上床去，躺在毯子上。我躺下不久，就听到她打呼噜——我们家乡话叫"念经"——的声音。半夜里，我在梦中往往突然感到脸上一阵冰凉，是小猫用舌头来舔我了，有时候还要往我被窝儿里钻。偶尔有一夜，她没有到我床上来，我顿感空荡寂寞，半天睡不着。等我半夜醒来，脚头上沉甸甸的，用手一摸：毛茸茸的一团，心里有说不出来的甜蜜感，再次入睡，如游天宫。早晨一起床，吃过早点，坐在书桌前看书写字。这时候咪咪绝不再躺在床上，而是一定要跳上书桌，趴在台灯下面我的书上或稿纸上，有时候还要给我一个屁股，头朝里面。有时候还会摇摆尾巴，把我的书页和稿纸摇乱。过了一些时候，外面天色大亮，我就把咪咪和另外一只纯种"国猫"，名叫虎子的黑色斑纹的"土猫"放出门去，到湖边和土山下草坪上去吃点青草，就地打几个滚儿，然后跟在我身后散步。我上山，她们就上山；我走下来，她们也跟下来。猫跟人散步是极为稀见的，因此成为朗润园一景。这时候，几乎每天都碰到一位手提鸟笼遛鸟的老退休工人，我们一见面，就相对大笑一阵："你在遛鸟，我在遛猫，我们各有所好啊！"我的一天，往往就是在这种情况下开始的，其乐融融，自不在话下。

大概在一年多以前，有一天，咪咪忽然失踪了。我们全家都有点着急。我们左等，右等，左盼，右盼，望穿了眼睛，只是不见。在深夜，在凌晨，我走了出来，瞪大了双眼，尖起了双耳，希望能在朦胧中看到一团白色，希望能在万籁俱寂中听到一点声息。然而，一切都是枉然。这样过了三天三夜，一个下午咪咪忽然回来了。雪白的毛上沾满了杂草，颜色变成了灰土土的，完全一副狼狈不堪的样子。一头闯进门，直奔猫食碗，狼吞虎咽，大嚼一通。然后跳上壁橱，藏了起来，好半天不敢露面。从此，她似乎变了脾气，拉尿不知，有时候竟在桌子上撒尿和拉屎。她原来是一只规矩温顺的小猫咪，完全不是这样子的。我们都怀疑，她之所以失踪，是被坏人捉走了的，想逃跑，受到了虐待，甚至受到捶挞，好不容易逃了回来，逃出了魔掌，生理上受到了剧烈的震动，才落了一身这样的坏毛病。

我们看了心里都很难受。一个纯洁无辜的小动物，竟被折磨成这个样子，谁能无动于衷呢？可是我又有什么办法？我是最喜爱这个小东西的，心里更好像是结上了一个大疙瘩，然而却是爱莫能助，眼睁睁地看她在桌上的稿纸上撒尿。但是，我决不打她。我一向主张，对小孩子和小动物这些弱者，动手打就是犯罪。我常说，一个人如果自认还有一点力量、一点权威的话，应当向敌人和坏人施展，不管他们多强多大。向弱者发泄，算不上英雄汉。

　　然而事情发展却越来越坏，咪咪任意撒尿和拉屎的频率增强了，范围扩大了。在桌上，床下，澡盆中，地毯上，书上，纸上，只要从高处往下一跳，尿水必随之而来。我以耄耋①衰躯，匍匐在床下桌下向纵深的暗处去清扫猫屎，钻出来以后，往往喘上半天粗气。我不但毫不气馁，而且大有乐此不疲之慨，心里乐滋滋的。我那年近九旬的老祖②笑着说："你从来没有给女儿、儿子打扫过屎尿，也没有给孙子、孙女打扫过，现在却心甘情愿服侍这一只小猫！"我笑而不答。我不以为苦，反以为乐。这一点我自己也解释不清楚。

　　但是，事情发展得比以前更坏了。家人忍无可忍，主张把咪咪赶走。我觉得，让她出去野一野，也许会治好她的病，我同意

---

① 此处说法欠准确，应为年老。作者生于一九一一年，本文写于一九八八年，据此推断，此时作者七十七岁，尚未到耄耋之年（八九十岁）。
② 据《寸草心》一文所述，老祖是作者的婶母，一九三五年将近四十岁时嫁给作者的九叔做继室。本文写于一九八八年，距离一九三五年已过去五十三年，此时老祖"年近九旬"，据此推断，一九三五年老祖可能三十六七岁（作者四舍五入表述为"年近四十"），作者二十四岁，两人相差约十二岁。

了。于是在一个晚上把咪咪送出去，关在门外。我躺在床上，辗转反侧，再也睡不着。后来蒙眬睡去，做起梦来，梦到的不是别的什么，而是咪咪。第二天早晨，天还没有亮，我拿着电筒到楼外去找。我知道，她喜欢趴在对面居室的阳台上。拿手电一照，白白的一团，咪咪蜷伏在那里，见到了我"咪噢"叫个不停，仿佛有一肚子委屈要向我倾诉。我听了这种哀鸣，心酸泪流。如果猫能做梦的话，她梦到的必然是我。她现在大概怨我太狠心了，我只有默默承认，心里痛悔万分。

我知道，咪咪的母亲刚刚死去，她自己当然完全不懂这一套，我却是懂得的。我青年丧母，留下了终天之恨。年近耄耋，一想到母亲，仍然泪流不止。现在竟把思母之情移到了咪咪身上。我心跳手颤，赶快拿来鱼饭，让咪咪饱餐一顿。但是，没有得到家人的同意，我仍然得把咪咪留在外面。而我又放心不下，经常出去看她。我住的朗润园小山重叠，林深树茂，应该说是猫的天堂。可是咪咪硬是不走，总卧在我住宅周围。我有时晚上打手电出来找她，在临湖的石头缝中往往能发现白色的东西，那是咪咪。见了我，她又"咪噢"直叫。她眼睛似乎有了病，老是泪汪汪的。她的泪也引起了我的泪，我们相对而泣。

我这样一个走遍天涯海角饱经沧桑的垂暮之年的老人，竟为这样一只小猫而失神落魄，对别人来说，可能难以解释，但对我自己来说，却是很容易解释的。从报纸上看到，定居台湾的老友梁实秋先生，在临终前念念不忘的是他的猫。我读了大为欣慰，引为"同志"，这也可以说是"猫坛"佳话吧。我现在再也不硬充英雄好汉了，我俯首承认我是多愁善感的。咪咪这样一只小猫就戳穿了我这一只"纸老虎"。我了解到了自己的本来面目，并不感到有什么难堪。

现在，我正在香港讲学，住在中文大学会友楼中。此地背山面海，临窗一望，海天混茫，水波不兴，青螺数点，帆影一片，风光异常美妙，园中有四时不谢之花、八节长春之草，兼又有主人盛情款待，我心中此时乐也。然而我却常有"山川信美非吾土"之感，我怀念北京燕园中我的家人，我的朋友，我的书房，我那堆满书案的稿子。我想到北国就要千里冰封、万里雪飘，"马后桃花马前雪，教人哪得不回头？"①我归心似箭，决不会"回头"。特别是当我想到咪咪时，我仿佛听到她的"咪噢"的哀鸣，心里颤抖不停，想立刻插翅回去。小猫吃不到我亲手给她的鱼肉，也许大感不解："我的主人哪里去了呢？"猫们不会理解人们的悲欢离合。我庆幸她不理解，否则更会痛苦了。好在我留港时间即将结束，我不久就能够见到我的家人，我的朋友。燕园中又多了一个我，咪咪会特别高兴的，她的病也许会好了。北望云天万里，我为咪咪祝福。

一九八八年十一月八日写于香港中文大学会友楼

一九九六年一月二日重抄于北大燕园

---

① 此处为作者误记，原文为"马后桃花马前雪，出关争得不回头？"，出自清代徐兰《出居庸关》（一名《出关》）。后文同，不再加注。

辑四 生活之味，百尝不倦

像奇迹一般，在八十多年内，我遇到了这样三个小女孩，是我平生一大乐事，一桩怪事，但是人们常说，普天之下，没有无缘无故的爱。可是我这「缘」何在？我这「故」又在呢？佛家讲因缘，我们老百姓讲「缘分」。虽然我不信佛，从来也不迷信，但是我却只能相信「缘分」了。

我爱北京的小胡同

我爱北京的小胡同,北京的小胡同也爱我,我们已经结下了永恒的缘分。

六十多年前,我到北京来考大学,就下榻于西单大木仓里面一条小胡同中的一个小公寓里。白天忙于到沙滩北大三院去应试。北大与清华各考三天,考得我焦头烂额、精疲力尽;夜里回到公寓小屋中,还要忍受臭虫的围攻,特别可怕的是那些臭虫的空降部队,防不胜防。

但是,我们这一帮山东来的学生仍然能够苦中作乐。在黄昏时分,总要到西单一带去逛街。街灯并不辉煌,"无风三尺土,有雨一街泥",也会令人不快。我们却甘之若饴。耳听铿锵清脆、悠扬有致的京腔,如闻仙乐。此时鼻管里会蓦地涌入一股幽香,是从路旁小花摊上的栀子花和茉莉花那里散发出来的。回到公寓,又能听到小胡同中的叫卖声:"驴肉!驴肉!""王致和的臭豆腐!"其声悠扬、深邃,还含有一点凄清之意。这声音把我送入梦中,送到与臭虫搏斗的战场上。

将近五十年前,我在欧洲待了十年多以后,又回到了故都。

这一次是住在东城的一条小胡同里：翠花胡同，与南面的东厂胡同为邻。我住的地方后门在翠花胡同，前门则在东厂胡同，据说就是明朝的特务机关东厂所在地，是折磨、囚禁、拷打、杀害所谓"犯人"的地方，冤死之人极多，他们的鬼魂据说常出来显灵。我是不相信什么鬼怪的，我感兴趣的不是什么鬼怪显灵，而是这一所大房子本身。它地跨两个胡同，其大可知。里面重楼复阁，回廊盘曲，院落错落，花园重叠，一个陌生人走进去，必然是如入迷宫，不辨东西。

然而，这样复杂的内容，无论是从前面的东厂胡同，还是从后面的翠花胡同，都是看不出来的。外面十分简单，里面十分复杂；外面十分平凡，里面十分神奇。这是北京许多小胡同共有的特点。

据说当年黎元洪大总统在这里住过。我住在这里的时候，北大校长胡适住在黎住过的房子中。我住的地方仅仅是这个大院子中的一个旮旯，在西北角上。但是这个旮旯也并不小，是一个三进的院子，我第一次体会到"庭院深深深几许"的意境。我住在最深一层院子的东房中，院子里摆满了汉代的砖棺。这里本来就是北京的一所"凶宅"，再加上这些棺材，黄昏时分，总会让人感觉到鬼影幢幢，毛骨悚然。所以很少有人敢在晚上来拜访我。我每日"与鬼为邻"，倒也过得很安静。

第二进院子里有很多树木，我最初没有注意是什么树。有一个夏日的晚上，刚下过一阵雨，我走在树下，忽然闻到一股幽香。原来这些是马缨花树，现在树上正开着繁花，幽香就是从这里散发出来的。

　　这一下子让我回忆起十几年前西单的栀子花和茉莉花的香气。当时我是一个十九岁的大孩子，现在成了中年人。相距将近二十年的两个我，忽然融合到一起来了。

　　不管是六十多年，还是五十年，都成为过去了。现在北京的面貌天天在改变，层楼摩天，国道宽敞。然而那些可爱的小胡同，却日渐消逝，被摩天大楼吞噬掉了。看来在现实中小胡同的命运和地位都要日趋消沉，这是不可抗御的，也不一定就算是坏事。可是我仍然执着地关心我的小胡同。就让它们在我的心中占一个地位吧，永远，永远。

　　我爱北京的小胡同，北京的小胡同也爱我。

一九九三年十月二十五日

上海菜市场

上海尽有看不够数不清的高楼大厦、跑不完走不尽的大街小巷、满目琳琅的玻璃橱窗、车水马龙的繁华闹市,但是,我们的许多外国朋友偏要去看一看早晨的菜市场。这是完全可以理解的。我们刚到上海的时候不是也想到菜市上去看一看吗?

那还是几年前的一个早晨,在太阳刚刚升起来的时候,踏着熹微的晨光,到一个离旅馆不远的菜市场去。

到了邻近菜市场的地方,市场的气氛就逐渐浓了起来。熙熙攘攘的人群,摩肩擦背,来来往往。许多老大娘的菜篮子里装满了蔬菜海味鸡鸭鱼肉。有的篮子里活鱼在摇摆着尾巴,肥鸡在咯咯地叫着。老大娘带着一脸笑意,满怀愉快,走回家去。

一走进菜市场,仿佛走进了另一个世界。这里面五光十色,令人眼花缭乱。但是,仔细一看,所有的东西却又都摆得整整齐齐,有条不紊。菜摊子、肉摊子、鱼虾摊子、水果摊子,还有其他的许许多多的摊子,分门别类,秩序井然,又各有特点,互相辉映。你就看那蔬菜摊子吧。这里有各种不同的颜色:紫色的茄子、白色的萝卜、红色的西红柿、绿色的小白菜,纷然杂陈,交光互影。这里又有各种不同的线条：大冬瓜又圆又粗，豆荚又细又长，白菜的叶子又扁又宽。就这样，不同的颜色、不同的线条，紧密地摆在一起，于纷杂中见统一。我的眼一花，我觉得，眼前不是什么菜摊子，而是一幅出自名家手笔的彩色绚丽、线条鲜明的油画或水彩画。

不只菜摊子是这样，其他的摊子也莫不如此，卖鱼的摊子上，活鱼在水里游泳，十几斤重的大鲤鱼躺在案板上。卖鸡鸭的摊子上，鸡鸭在笼子里互相召唤。卖肉的摊子上，整片的猪肉、牛肉和羊肉挂在那里。还为穆斯林设了卖牛羊肉的专柜。在其他的摊子上，鸡蛋和鸭蛋堆得像小山，一个个闪着耀眼的白光。咸肉和板鸭成排挂在架子上，肥得仿佛就要滴下油来。水果摊子更是琳琅满目。肥大的水蜜桃、大个儿的西瓜、又黄又圆的香瓜、白嫩的鲜藕，摆在一起，竞妍斗艳。我眼前仿佛看到葳蕤的果子园、十里荷香的池塘、翠叶离离①的瓜地。难道这不是一幅美妙无比的图画吗？

说是图画，这只是一时的幻象。说真的，任何图画也比不上这一些摊子。图画里面的东西是死的、不能动的，这里的东西却随时在流动。原来摆在架子上的东西，一转眼已经到了老大娘的菜篮子里。她们站在摊子前面，眯细了眼睛，左挑右拣，直到选中了自己想买的东西为止。至于价钱，她们是不发愁的，因为东西都不贵。结果是皆大欢喜，在一片闹闹嚷嚷的声中，大家都买

---

① 意为茂盛浓密。

到了中意的东西，她们原来的空篮子不久就满了起来。当她们转回家去的时候，她们手中的篮子也像是一幅幅美丽的图画了。

　　我们的外国朋友是住在旅馆里的，什么东西都不缺少。但是他们看到这些美丽诱人的东西，一方面啧啧称赞，一方面又跃跃欲试，也都想买点什么。有人买了几个大香瓜，有人买了几斤西红柿，还有人买了一些豆腐干。这样就会使本来已经很丰富的餐桌更加丰富多彩。我们的外国朋友也皆大欢喜了。

一九六三年九月二十七日

三个小女孩

我生平有一桩往事：一些孩子无缘无故地喜欢我，爱我；我也无缘无故地喜欢这些孩子，爱这些孩子。如果我以糖果饼饵相诱，引得小孩子喜欢我，那是司空见惯、平平常常，根本算不上什么"怪事"。但是，对我来说，情况绝对不是这样。我同这些孩子都是邂逅相遇，都是第一次见面，我语不惊人，貌不压众，不过是普普通通，不修边幅，常常被人误认为是学校的老工人。这样一个人而能引起天真无邪、毫无功利目的、两三岁以至十一二岁的孩子的欢心，其中道理，我解释不通，我相信，也没有别人能解释通，包括赞天地之化育的哲学家们在内。

我说这是一桩"怪事"，不是恰如其分吗？不说它是"怪事"，又能说它是什么呢？

大约在二十世纪五十年代，当时老祖和德华还没有搬到北京来。我暑假回济南探亲。我的家在南关佛山街。我们家住西屋和北屋，南屋住的是一家姓田的木匠。他有一儿二女，小女儿名叫华子，我们把这个小名又进一步变为爱称"华华儿"。她大概只有两岁，路走不稳，走起来晃晃荡荡，两条小腿十分吃力，话也说不全。按辈分，她应该叫我"大爷"，但是华华还发不出两个字的音，她把"大爷"简化为"爷"。一见了我，就摇摇晃晃，跑了过来，满嘴"爷""爷"不停地喊着。走到我跟前，一下子抱住了我的腿，仿佛有无限的乐趣。她妈喊她，她置之不理，勉强抱走，她就哭着奋力挣脱。有时候，我在北屋睡午觉，只觉得周围鸦雀无声，阒静幽雅。"北堂夏睡足"，一枕黄粱，猛一睁眼：一个小东西站在我的身旁，大气不出。一见我醒来，立即"爷""爷"叫个不停，不知道她已经等了多久了。我此时真是万感集心，连忙抱起小东西，连声叫着"华华儿"。有一次我出门办事，回来走到大门口，华华妈正把她抱在怀里，她说，她想试一试华华，看她怎么办。然而奇迹出现了：华华一看到我，立即用惊人的力量，从妈妈怀里挣脱出来，举起小手，要我抱她。她妈妈说，她早就想到有这种可能，却没有想到华华挣脱的力量竟是这样惊人地大。大家都大笑不止，然而我却在笑中想流眼泪。有一年，老祖和德华来京小住，后来听同院的人说，在上着锁的西屋门前，天天有两个小动物在那里蹲守：一个是一只猫，一个是已经长到三四岁的华华。"遥怜小儿女，未解忆长安。"华华大概还不知道什么北京，不知道什么别离。天天去蹲守，她那天真稚嫩的心灵里，不知是什么滋味，望眼欲穿而不见伊人。她的失望，她的寂寞，大概她自己也说不出，只能意会而不能言传了。

上面是华华的故事，下面再讲吴双的故事。

二十世纪八十年代的某一年，我应邀赴上海外国语大学去访问。我的学生吴永年教授十分热情地招待我。学校领导陪我参观，永年带了他的妻子和女儿吴双来见我。吴双大概有六七岁光景，是一个秀美、文静、活泼、伶俐的小女孩。我们是第一次见面，最初她还有点腼腆，叫了一声"爷爷"以后，低下头，不敢看我。但是，我们在校园中走了没有多久，她悄悄地走过来，挽住我的右臂，扶我走路，一直偎依在我的身旁，她爸爸妈妈都有点吃惊，有点不理解。我当然更是吃惊，更是不理解。一直等到我们参观完了图书馆和许多大楼，吴双总是寸步不离地挽住我的右臂，一直到我们不得不离开学校，不得不同吴双和她爸爸妈妈分手为止，吴双眼睛中流露出依恋又颇有一点凄凉的眼神。从此，我们就结成了相差六七十岁的忘年交。她用幼稚却认真秀美的小字写信给我。我给永年写信，也总忘不了吴双。我始终不知道，我有什么地方值得这样一个聪明可爱的小女孩眷恋？

上面是吴双的故事，现在轮到未未了。未未是一个十二岁的小女孩，姓贾，爸爸是延边大学出版社的社长，学国文出身，刚强、正直、干练，是一个绝不会阿谀奉承的硬汉子。母亲王文宏，延边大学中文系副教授，性格与丈夫迥乎不同，多愁、善感、温柔、淳朴、感情充沛，用我的话来说，就是：感情超过了需要。她不相信天底下还有坏人，她是个才女，写诗，写小说，在延边地区颇有点名气，研究的专行是美学、文艺理论与禅学，是一个极有前途的女青年学者。十年前，我在北大通过刘炬教授的介绍，认识了她。去年秋季她又以访问学者的名义重返北大，算是投到了我的门下。一年以来，学习十分勤奋。我对美学和禅学,虽然也看过一些书,并且有些想法和看法,写成了文章,但实际上是"野狐谈禅",成不了正道的。蒙她不弃,从我受学,使得我经常觳觫不安,如芒刺在背。也许我那一些内行人绝不会说的石破天惊的奇谈怪论,对她有了点用处?连这一点我也是没有自信的。

由于她母亲在北大学习,未未曾于寒假时来北大一次,她父亲也陪来了。第一次见面,我发现未未同别的年龄差不多的女孩不一样:面貌秀美,逗人喜爱,却有点苍白。个子不矮,却有点弱不禁风。不大说话,说话也是慢声细语。文宏说她是娇生惯养惯了,有点自我撒娇,但我看不像。总之,第一次见面,这个东北长白山下来的小女孩,对我成了个谜。我约了几位朋友,请她全家吃饭。吃饭的时候,她依然是少言寡语。但是,等到出门步行回北大的时候,却出现了出我意料的事情。我身居师座,兼又老迈,文宏便从左边扶住我的左臂搀扶着我。说老实话,我虽老态龙钟,却还不到非让人搀扶不行的地步。文宏这一番心意我却不能拒绝,索性倚老卖老,任她搀扶,倘若再递给我一个龙头拐杖,那就很有点旧戏台上佘太君或者国画大师齐白石的派头了。然而,正当我在心中暗暗觉得好笑的时候,未未却一步抢上前来,抓住了我的右臂来搀扶住我,并且示意她母亲放松抓我左臂的手,仿佛搀扶我是她的专利,不许别人插手。她这一举动,我确实没有想到。然而,事情既然发生——由它去吧!

过了不久,未未就回到了延吉。适逢今年是我八十五岁生日,文宏在北大虽已结业,却专门留下来为我祝寿。她把丈夫和女儿都请到北京来,同一些在我身边工作了多年的朋友,为我设寿宴。最后一天,出于玉洁的建议,我们一起共有十六人之多,来到了圆明园。圆明园我早就熟悉,六七十年前,当我还在清华大学读书的时候,晚饭后,常常同几个同学步行到圆明园来散步。此时圆明园已破落不堪,满园野草丛生,狐鼠出没,"西风残照,清家废宫",我指的是西洋楼遗址。当年何等辉煌,而今只剩下几个汉白玉雕成的古希腊式的宫门,也都已残缺不全。"牧童打碎了龙碑帽",虽然不见得真有牧童,然而情景之凄凉、寂寞,恐怕与当年的明故宫也差不多了。我们当时还都很年轻,不大容易发思古之幽情,不过爱其地方幽静,来散散步而已。

  建国后,北大移来燕园,我住的楼房,仅与圆明园有一条马路之隔。登上楼旁小山,遥望圆明园之一角绿树蓊郁,时涉遐想。今天竟然身临其境,早已面目全非,让我连连吃惊,仿佛美国作家Washington Irving①笔下的 Rip Van Winkle②,"山中方七日,世上几千年",等他回到家乡的时候,连自己的曾孙都成了老爷爷,没有人认识他了。现在我已不认识圆明园了,圆明园当然也不会认识我。园内游人摩肩接踵,多如过江之鲫。而商人们又竞奇斗妍,各出奇招,想出了种种的门道,使得游人如痴如醉。我们当然也不会例外,痛痛快快地畅游了半天,福海泛舟,饭店盛

---

① 指华盛顿·欧文(一七八三~一八五九),十九世纪美国著名作家,被誉为"美国文学之父",代表作《纽约外史》《见闻札记》。
② 指《瑞普·凡·温克尔》,华盛顿·欧文的短篇小说名篇。

宴。我的"西洋楼"却如蓬莱三山，不知隐藏在何方了。

第二天是文宏全家回延吉的日子。一大早，文宏就带了未未来向我辞行。我上面已经说到，文宏是感情极为充沛的人，虽是暂时别离，她恐怕也会受不了。小萧为此曾在事前建议过：临别时，谁也不许流眼泪。在许多人心目中，我是一个怪人，对人呆板冷漠，但是，真正了解我的人却给我送了一个绰号："铁皮暖瓶"——外面冰冷而内心极热。我自己觉得，这个比喻道出了一部分真理，但是，我现在已届望九之年，我走过阳关大道，也走过独木小桥，天使和撒旦都对我垂青过。一生磨炼，已把我磨成了一个"世故老人"，于必要时，我能够运用一个世故老人的禅定之力，把自己的感情控制住。年轻人、道行不高的人，恐怕难以做到这一点的。

现在，未未和她妈妈就坐在我的眼前。我口中念念有词，调动我的定力来拴住自己的感情，满面含笑，大讲苏东坡的词："人有悲欢离合，月有阴晴圆缺，此事古难全。"又引用俗语："千里凉棚，没有不散的筵席。"自谓"口若悬河泻水，滔滔不绝"。然而，言者谆谆，而听者藐藐。文宏大概为了遵守对小萧的诺言，泪珠只停留在眼眶中，间或也滴下两滴。而未未却不懂什么诺言，不会有什么定力，坐在床边上，一语不发，泪珠仿佛断了线似的流个不停。我那八十多年的定力有点动摇了，我心里有点发慌，连忙强打精神，含泪微笑，送她们母女出门。一走上门前的路，未未好像再也忍不住了，一把抓住了我的胳臂，伏在我怀里哭了起来。热泪透过了我的衬衣，透过了我的皮肤，热意一直滴到我的心头。我忍住眼泪,捧起未未的脸,说:"好孩子!不要难过!我们还会见面的!"未未说:"爷爷!我会给你写信的!"我此时的心情,连才尚未尽的江郎也是写不出来的,他那名垂千古的《别赋》中,就找不到对类似我现在的心情的描绘,何况我这样本来无才可尽的俗人呢?我挽着未未的胳臂,送她们母女过了楼西曲径通幽的小桥,又忽然临时顿悟:唐朝人送别有灞桥折柳的故事。我连忙走到湖边,从一棵垂柳上折下了一条柳枝,递到文宏手中。我一直看她们母女俩折过小山,向我招手,直等到连消逝的背影也看不到的时候,才慢慢地走回家来。此时,我再不需要我那劳什子定力,索性让眼泪流个痛快。

三个女孩的故事就讲完了。

还不到两岁的华华为什么对我有这样深的感情,我百思不得其解。

五六岁第一次见面的吴双,为什么对我有这样深的感情,我千思不得其解。

十二岁、下学期才上初中的未未,为什么对我有这样深的感情,我万思不得其解。

然而这都是事实,我没有半个字的虚构。我一生能遇到这样三个小女孩,就算是不虚此生了。

到今天,华华已经超过四十岁。按正常的生活秩序,她早应该"绿叶成荫"了,不知道她是否还记得我这"爷"?

吴双恐大学已经毕业了,因为我同她父亲始终有联系,她一定还会记得我这样一位"北京爷爷"的。

至于未未，我们离别才几天。我相信，她会遵守自己的诺言给我写信的。而且她父亲常来北京，她母亲也有可能再到北京学习、进修。我们这一次分别，仅仅不过是为下一次会面创造条件而已。

像奇迹一般，在八十多年内，我遇到了这样三个小女孩，是我平生一大乐事，一桩怪事，但是人们常说，普天之下，没有无缘无故的爱。可是我这"缘"何在？我这"故"又何在呢？佛家讲因缘，我们老百姓讲"缘分"。虽然我不信佛，从来也不迷信，但是我只能相信"缘分"了。在我走到那个长满了野百合花的地方之前，这三个同我有着说不出是怎样来的缘分的小姑娘，将永远留在我的记忆中，保留一点甜美，保留一点幸福，给我孤寂的晚年涂上点有活力的色彩。

一九九六年八月

两个乞丐

时间已经过去了七十多年,但是两个乞丐的影像总还生动地储存在我的记忆里,时间越久,越显得明晰。我说不出理由。

我小的时候,家里贫无立锥之地,没有办法,六岁就离开家乡和父母,到济南去投靠叔父。记得我到了不久,就搬了家,新家是在南关佛山街。此时我正上小学。在上学的路上,有时候会在南关一带,圩子门内外,城门内外,碰到一个老乞丐,是个老头,头发胡子全雪样的白,蓬蓬松松,像是深秋的芦花,偏偏脸色有点发红。现在想来,这绝不会是由于营养过度,体内积存的胆固醇表露到脸上来。他连肚子都填不饱,哪里会有什么佳肴美食可吃呢?这恐怕是一种什么病态。他双目失明,右手拿一根长竹竿,用来探路;左手拿一只破碗,当然是准备接受施舍的。他好像是无法找到施主的大门,没有法子,只有亮开嗓子,在长街上哀号。他那种动人心魄的哀号声,同嘈杂的市声搅混在一起,在车水马龙中,嘹亮清澈,好像上面的天空,下面的大地都在颤动。唤来的是几个小制钱和半块窝窝头。

像这样的乞丐，当年到处都有，最初并没有引起我的注意，可是久而久之，我对他注意了，我说不出理由。我忽然在内心里对他油然起了一点同情之感。我没有见到过祖父，我不知道祖父之爱是什么样子。别人的爱，我享受得也不多。母亲是十分爱我的，可惜我享受的时间太短太短了。我是一个孤寂的孩子。难道在我那幼稚孤寂的心灵里在这个老丐身上顿时看到祖父的影子了吗？我喜欢在路上碰到他，我喜欢听他的哀号声。到了后来，我竟自己忍住饥饿，把每天从家里拿到的买早点用的几个小制钱，统统递到他的手里，才心安理得，算是了了一天的心事，否则就好像缺了点什么。当我的小手碰到他那粗黑得像树皮一般的手时，我心里说不出是什么滋味：怜悯、喜爱、同情、好奇混搅在一起，最终得到的是极大的欣慰。虽然饿着肚子，也觉得其乐无穷了。他从我的手里接过那几个还带着我的体温的小制钱时，难道不会感到极大的欣慰，觉得人世间还有那么一点温暖吗？

这样大概过了没有几年，我忽然听不到他的哀叫声了。我觉得生活中缺了点什么。我放学以后，手里仍然捏着几个沾满了手汗的制钱，沿着他常走动的那几条街巷，瞪大了眼睛看，伸长了耳朵听。好几天下来，既不闻声，也不见人。长街上依然车水马龙，这老丐却哪里去了呢？我感到凄凉，感到孤寂，好几天心神不安。从此这个老乞丐就从我眼里消逝，永远永远地消逝了。

差不多在同时，或者稍后一点，我又遇到了另一个老乞丐，仅有一点不同之处：这是一个老太婆。她的头发还没有全白，但蓬乱如秋后的杂草。面色黧黑，满是皱纹，一点也没有老头那样的红润。她右手持一根短棍。因为她也是双目失明，棍子是用来探路的。不知为什么，她能找到施主的家门。我第一次见到她，就是在我家的二门外面。她从不在大街上叫喊，而是在门口高喊："爷爷！奶奶！可怜可怜我吧！"也许是因为她到我们家来从不会空手离开，她对我们家产生了感情，所以，隔上一段时间，她总会来一次的。我们成了熟人。

据她自己说，她住在南圩子门外乱葬岗子上的一个破坟洞里。里面是否还有棺材，她没有说。反正她瞎着一双眼，即使有棺材，她也看不见。即使真有鬼，对她这个瞎子也是毫无办法的。多么狰狞恐怖的形象，她也是眼不见，心不怕。这是一种什么样的日子，我今天回想起来，都觉得有点毛骨悚然。

不知道为什么，她竟然还有闲情逸致来种扁豆。她不知从哪里弄了点扁豆种子，就栽在坟洞外面的空地上，不时浇点水。到了夏天，扁豆是不会关心主人是否是瞎子的，一到时候，它就开花结果。这个老乞丐把扁豆摘下来，装到一个破竹筐子里，拄上了拐棍，摸摸索索来到我家二门外面，照例地喊上几声。我连忙赶出来，看到扁豆，碧绿如翡翠，新鲜似带露，我一时吃惊得说不出话来。我当时还不到十岁，虽有感情，绝不会有现在这样复杂、曲折。我不会想象，这个老婆子怎样在什么都看不到的情况下，刨土、下种、浇水、采摘。这真是一首绝妙好诗的题目。可是限于年龄，对这些我都木然惚然，只觉得这件事颇有点不寻常而已。扁豆并不是什么名贵的东西,然而老丐心中有我们一家,从她手中接过来的扁豆便非常非常不寻常了。这一点我当时朦朦胧胧似乎感觉到了。这扁豆的滋味也随之大变,在我一生中,在那以前我从没有吃过那样好吃的扁豆,在那以后也从未有过。我于是真正喜欢上了这一个年老的乞丐。

然而好景不长,这样也没有过上几年。有一年夏天,正是扁豆开花结果的时候,我天天盼望在二门外面看到那个头发蓬乱、鹑衣百结的老乞丐。然而却是天天失望,我又感到凄凉,感到孤寂,又是好几天心神不宁。从此这一个老太婆同上面说的那一个老头子一样,在我眼前消逝了,永远永远地消逝了。

到了今天,时间已经过去了七十多年。我的年龄恐怕早已超过了当年这两个乞丐的年龄。不知道为什么我又突然想起了他俩,我说不出理由。不管我表面上多么冷,我内心里是充满了炽热的感情的。但是当时我涉世未久,或者还根本不算涉世,人间沧桑,世态炎凉,我一概不懂。我的感情是幼稚而淳朴的,没有后来那一些不切实际的、非常浪漫的想法。两位老丐在绝对孤寂凄凉中离开人世的情景,我想都没有想过。在当年那种社会里,人的心都是非常硬的,几乎人人都有一副铁石心肠,否则你就无法活下去。老行幼效,我那时的心,不管有多少感情,大概比现在要硬多了。唯其因为我的心硬,我才能够活到今天的耄耋之年。事情不正是这样子吗?

我现在已经走到了快让别人回忆自己的时候了。这两个老丐在我回忆中保留的时间也不会太久了。今天即使还有像我当年那样心软情富的孩子,但是人间已经换过,再也不会有那样的乞丐供他们回忆了。在我以后,恐怕再也不会出现我这样的人了。我心甘情愿地成为有这样回忆的最后一个人。

一九九二年十二月二十六日

两行写在泥土地上的字

夜里有雷阵雨,转瞬即停。"薄云疏雨不成泥",门外荷塘岸边,绿草坪畔,没有积水,也没有成泥,土地只是湿漉漉的。一切同平常一样,没有什么特异之处。

我早晨出门,想到外面呼吸点新鲜空气,这也同平常一样,并没有什么特异之处。然而,我的眼睛一亮,蓦地瞥见塘边泥土地上有一行用树枝写成的字:

　　季老好　　98级日语

回头在临窗玉兰花前的泥土地上也有一行字:

　　来访　　98级日语

我一时憕然,莫名其妙。还不到一瞬间,我恍然大悟:98级是今年的新生。今天上午,全校召开迎新大会;下午,东方学系召开迎新大会。在两大盛会之前,这一群(我不知道准确数目)

从未谋面的十七八九岁男女大孩子,先到我家来,带给我无法用言语形容的这一番深情厚谊。但他们恐怕是怕打扰我,便想出了这一个惊人的匪夷所思的办法,用树枝把他们的深情写在了泥土地上。他们估计我会看到的,便悄然离开了我的家门。

  我果然看到他们留下的字了。我现在已经望九之年,我走过的桥比这一帮大孩子走过的路还要长,我吃过的盐比他们吃过的面还要多,自谓已经达到了"悲欢离合总无情"的境界。然而,今天,我一看到这两行写在泥土地上的字,我却真正动了感情,眼泪一下子涌出了眼眶,双双落到了泥土地上。

  我是一个平凡的人,生平靠自己那一点勤奋,做出了一点微不足道的成绩。对此我并没有多大信心。独独对于青年,我却有自己的一套看法。我认为,我们中年人或老年人,不应当一过了青年阶段,就忘记了自己当年穿开裆裤的样子,好像自己一下生就老成持重,对青年总是横挑鼻子竖挑眼。我们应当努力理解青年,同情青年,帮助青年,爱护青年。不能要求他们总是四平八稳,总是温良恭俭让。我相信,中国青年都是爱国的,爱真理的。即使有什么"逾矩"的地方,也只能耐心加以劝说,惩罚是万不得已而为之的。一个国家,一个民族,如果对自己的青年失掉了信心,那它就失掉了希望,失掉了前途。我常常这样想,也努力这样做。在风和日丽时是这样,在阴霾蔽天时也是这样。这要不要冒一点风险呢?要的。但我人微言轻,人小力薄,除了手中的一支圆珠笔以外,就只有嘴里那三寸不烂之舌,除了这样做以外,也没有别的办法。

大概就由于这些情况,再加上我的一些所谓文章时常出现在报纸杂志上,有的甚至被选入中学教科书,于是普天下青年男女颇有知道我的姓名的。青年们容易轻信,他们认为报纸杂志上所说的都是真实的,就轻易对我产生了一种好感,一种情意。我现在几乎每天都能收到全国各地,甚至穷乡僻壤、边远地区青年们的来信,大中小学生都有。他们大概认为我无所不能、无所不通,而又颇为值得信赖,向我提出各种各样的问题,有的简直石破天惊,有的向我倾诉衷情。我想,有的事情他们对自己的父母也未必肯讲的,比如想轻生自杀之类,他们却肯对我讲。我读到这些书信,感动不已。我已经到了风烛残年,对人生看得透而又透,只等造化小儿给我的生命画上句号。然而这些素昧平生的男女大孩子的信,却给我重新注入了生命的活力。苏东坡的词说:"谁道人生无再少?门前流水尚能西。休将白发唱黄鸡。"我确实有"再少"之感了,这一切我都要感谢这些男女大孩子。

东方学系98级日语专业的新生,一定就属于我在这里所说的男女大孩子。他们在五湖四海的什么中学里,读过我写的什么文章,听到过关于我的一些传闻,脑海里留下了我的影子。所以,一进燕园,赶在开学之前,就迫不及待地把自己那一份情意,用他们自己发明出来的也许从来还没有被别人使用过的方式,送到了我的家门来,惊出了我的两行老泪。我连他们的身影都没有看到,我看到的只是清塘里面的荷叶。此时虽已是初秋,却依然绿叶擎天,水影映日,满塘一片浓绿。回头看到窗前那一棵玉兰,也是翠叶满枝,一片浓绿。绿是生命的颜色,绿是青春的颜色,绿是希望的颜色，绿是活力的颜色。这一群男女大孩子正处在平常人们所说的绿色年华中，荷叶和玉兰所象征的正是他们。我想，他们一定已经看到了绿色的荷叶和绿色的玉兰，他们的影子一定已经倒映在荷塘的清水中。虽然是转瞬即逝，连他们自己也未必注意到。可他们与这一片浓绿真可以说是相得益彰，溢满了活力，充满了希望，将来左右这个世界的，决定人类前途的正是这一群年轻的男女大孩子。他们真正让我"再少"，他们在这方面的力量绝不亚于我在上面提到的那些全国各地青年的来信，我虔心默祷——虽然我并不相信——造物主能从我眼前的八十七岁中抹掉七十年，把我变成一个十七岁的少年，使我同他们一起学习，一起娱乐，共同分享普天下的凉热。

一九九八年九月二十五日

寂寞

寂寞像大毒蛇，盘住了我整个的心，我自己也奇怪：几天前喧腾的笑声现在还萦绕在耳际，我竟然给寂寞克服了吗？

但是，克服了，是真的，奇怪又有什么用呢？笑声虽然萦绕在耳际，早已恍如梦中的追忆了，我只有一颗心，空虚寂寞的心被安放在一个长方形的小屋里。我看四壁，四壁冰冷像石板，书架上一行行排列着的书，都像一行行的石块，床上棉被和大衣的褶纹也都变成雕刻家手下的作品了，死寂，一切死寂，更死寂的却是我的心——我到了庞培①（Pompeii）吗？不，我自己证明没有，隔了窗子，我还可以看见袅动的烟缕，虽然还在袅动，但是又是怎样的微弱呢——我到了西敏斯大寺（Westminster Abbey）了吗？我自己又证明没有，我看不到阴森的长廊，看不到诗人的墓圹，我只是被装在一个长方形的小屋里，四周圈着冰冷的石板似的墙壁，我究竟在什么地方呢？桌子上那两盆草的蔓长嫩绿的枝条，反射在镜子里的影子，我透过玻璃杯看到的淡淡的影子；反射

---

① 今译庞贝，即庞贝古城，位于意大利南部那不勒斯附近。

在电镀过的小钟座上的影子，在平常总轻轻地笼罩上一层绿雾，不是很美丽有生气的吗？为什么也变成浮雕般地呆僵不动了呢？——一切完了，一切都给寂寞吞噬了，寂寞凝定在墙上挂的相片上，凝定在屋角的蜘蛛网上，凝定在镜子里我自己的影子上……

一切都真的给寂寞吞噬了吗？不，还有我自己，我试着抬一抬胳膊，还能抬得起，我摆了摆头，镜子里的影子也还随着动，我自己问：是谁把我放在这里的呢？是我自己，现在我才发现，就是自己，我能逃……

我能逃，然而，寂寞又跟上我了呀！在平常我们跑着百米抢书的图书馆，不是很热闹的吗？现在为什么也这样冷清呢？我从这头看到那头，像看到一个朦胧的残梦，淡黄的阳光从窗子里穿进来造成一条光的路，又射在光滑的桌面上，不耀眼，不辉腾，只是死死地贴在桌上，像——像什么呢？我不愿意说，像乡间黑漆棺材上贴的金边，寥寥的几个看书的，错落地散坐着，使我想到月明夜天空的星子，但也都石像似的坐着，不响也不动，是人吗？不是，我左右看全不像，像木乃伊？又不像，因为我闻不到木乃伊应该有的那种香味，像死尸？有点，但也不全像——我看到他们僵坐的姿势了；我看到他们一个个翻着的死白的眼了，我现在知道他们像什么，像鱼市里的死鱼，一堆堆地排列着，鼓着肚皮，翻着白眼，可怕！然而我能逃，然而寂寞又跟上了我，我向哪里逃呢？

到了世界的末日了吗？世界的末日，多可怕！以前我曾自己想象，自己是世界上最后一个生物，因了这无谓的想象，我流过不知多少汗，但是现在却真教我尝到这个滋味了，天空倒挂着，像个盆,远处的西山,近处的楼台,都仿佛剪影似的贴在这灰白盆底上。小鸟缩着脖子站在土山上不动,像博物馆里的标本,流水在冰下低缓地唱着丧歌,天空里破絮似的云片,看来像一贴贴的膏药,糊在我这寂寞的心上,枯枝丫杈着,看来像鱼刺,也刺着我这寂寞的心。

但是,我在身旁发现有人影在游动了,我知道,我自己不是世界上最后的生物,我在内心浮起一丝笑意,但是(又是但是)却怪没等这笑意浮到脸上,我又看到我身旁的人也同样翻着死白的眼,像木乃伊?像僵尸?像鱼市上陈列的死鱼?谁耐心去管?战栗通过了我全身,我想逃,寂寞驱逐着我,我想逃,向哪里逃呢?——天哪!我不知道向哪里逃了。

夜来了,随了夜来的是更多的寂寞,当我从外面走回宿舍的时候,四周死一般沉寂,但总仿佛有窸窣的脚步声绕在我四围。说声,其实哪里有什么声?只是我觉得有什么东西跟着我而已,倘若在白天,我一定说这是影子;倘若睡着了,我一定说这是梦,究竟是什么呢?我知道,这是寂寞,从远处我看到压在黑暗的夜气下面的宿舍,以前不是每个窗子都射出温热的软光来吗?但是,变了,一切变了,大半的窗子都黑黑的,闭着寥寥的几个窗子,无力地迸射出几条光线来,又都是怎样暗淡灰白呢?——不,这不是窗子里射出来的灯光,这是墓地里的鬼火,这是魔窟里发出的魔光,我是到了鬼影幢幢的世界里了,我自己也成鬼影了。

我平卧在床上,让柔弱的灯光流在我身上,让寂寞在我四周跳动,静听着远处传来的瞪瞪的足音,隐隐地,细细弱弱到听不清，听不见了，这声音从哪里传来的呢？是从辽远又辽远的国土里呀！是从寂寞的大沙漠里呀！但是，又像比辽远的国土更辽远。我的小屋是坟墓，这声音是从墓外过路人的脚下踶①出来的呀！离这里多远呢？想象不出，也不能想象，望吧！是一片茫茫的白海流布在中间，海里是什么呢？是寂寞。

　　隔了窗子，外面是死寂的夜，从蒙翳②的玻璃里看出去，不见灯光；不见一切东西的清晰的轮廓，只是黑暗，在黑暗里的迷离的树影，丫杈③着，刺着暗灰的天，在三个月前，这秃光的枯枝上，有过一串串的叶子，在萧瑟的秋风里打战，又罩上一层淡淡的黄雾。再往前，在五六个月以前吧，同样的这枯枝上织一丛丛的茂密的绿，在雨里凝成浓翠，在毒阳下闪着金光。倘若再往前推，在春天里，这枯枝上嵌着一朵朵火星似的红花，远处看，辉耀着，像火焰——但是，一转眼，溜到现在，现在怎样了呢？变了，全变了，只剩了秃光的枯枝，刺着天空，把小小的温热的生命力蕴蓄在这枯枝的中心，外面披上这层刚劲的皮，忍受着北风的狂吹，忍受着白雪的凝固，忍受着寂寞的来袭，同我一样。它也该同我一样切盼着春的来临，切盼着寂寞的退走吧。春什么时候会来呢？寂寞什么时候会走呢？这漫漫的长长的夜，这漫漫的更长的冬……

一九三四年一月二十二日

---

① 音dì，踢，踏。
② 遮蔽，覆盖。
③ 指树枝横斜逸出。

忆念荷姐

如果统领宇宙的造物主愿意展示他那宏大无比的法力的话，愿他让我那在济南的荷姐仍然活着，她只比我大两岁。

最近一个时期以来，经常想到荷姐。一转眼，她的面影就在我眼前晃动，莞尔而笑。在仪态上，她虽然比不了自己的胞姐小姐姐的花容月貌，但是光艳动人，她还是当之无愧的。

话头一开，就要回到七八十年前去。当时我们家同荷姐家同住一个大院，她住后院，我们住前院。我当时是一个十七八岁的毛头小伙子，语不惊人，貌不逮众，寄人篱下，宛如一只小癞蛤蟆，没有几个人愿意同我交谈的。只有两个人算是例外：一个是小姐姐，一个就是荷姐。这一件事我永远不会忘记。

到了一九二九年，我十八岁了。叔父母为了传宗接代，忙活着给我找个媳妇。谈到媳妇，我有我的选择。我的第一选择对象就是荷姐。她是一个难得的好媳妇：漂亮、聪明、伶俐、温柔。但是，西湖月老祠对联的原一联是：是前生注定事莫错过姻缘。我同荷姐的事情大概是前生没有注定，终于错过了姻缘。

一九三五年，我以交换研究生的名义赴德国留学，时间原定只有两年。但是，一九三七年，日寇发动了全面对华侵略战争，我无法回国。一九三九年，二次世界大战爆发，我有国难归，一住就是十年。幸蒙哈隆教授（Gustav Haloun）垂青，任命我为汉学讲师，避免成为饿殍。我是一个闲不住的人。我借这个机会，学习了梵文、巴利文、吐火罗文，于一九四一年获得哲学博士学位。主系是印度学，两个副系，一个是斯拉夫语言学，一个是英国语言学。博士拿到手，我仍然毫不懈怠，开电灯以继晷，恒兀兀以穷年①，结果写成了几篇论文，颇有一些新见解、新发现。论文都是用德文写成的，其中一篇讲语尾am变为u或o的问题，是一篇颇有意义的文章。Sieg教授一看，大为欣赏，立即送哥廷根科学院院刊发表。一个外国青年学者在科学院院刊上发表文章，是一件非同小可的事情。

一九四五年秋天，我离开德国到瑞士去，在那里参加了庆祝国庆的盛会，对中国（那时是国民党）外交官有了初步的感性认识。

一九四六年，我离开瑞士，乘运载法国兵的英国巨轮，到了越南西贡，在那里住了几个月。又乘轮出发，经香港到了上海。出国十年，现在一旦回到祖国母亲的怀抱里，心中激动万分，很想跪下亲吻土地。但是，一想到国内官僚正在乘日寇高官撤走，

---

① 一年到头辛辛苦苦地劳碌不息。兀兀，劳苦不息的样子。出自韩愈《进学解》："焚膏油以继晷，恒兀兀以穷年。"

国内大汉奸纷纷被镇压之际大耍五子登科的把戏。我立即气馁、心虚，不想采取什么行动了。

这一年的夏天，我一半住在上海，一半住在南京。在上海，晚上就睡在克家①的榻榻米上；在南京，晚上就睡在长之②在国内编译馆的办公桌上。实际上是过着流浪的生活，心情极不稳定，切盼自己有朝一日能有自己的一间小房。

这年秋天，我从上海乘轮船到达秦皇岛。下船登车，直抵北京。当时烽火遍地，这一段铁路由美国兵把守，能得畅通。我离故都已经十年。这一次老友重逢，丝毫没有欢欣鼓舞的感觉。正相反，节令正值深秋，秋水吹昆明（湖），落叶满长安（街），一片荒寒肃杀之气。古文"悲哉，秋之为气也"，差能表达我的心情于万一。

我被安排到"五四"时期名建筑红楼上去住。红楼早已过了自己辉煌的童年、青年和壮年，现在已经是一位耄耋老翁了。它当然是一个无生命的东西，然而，在我的心目中，它却是活的东西。静心观万物，冷眼看世界，积累了大量的智慧和见识，我住在里面，仿佛都能享受一份，甚可乐也。可是，还有另外一方面的情况。此时，四层大楼一百多间房子，只住着包括我在内的四五个人。走廊上灯光昏黄，电灯只开了几盏。一想到楼下地下

---

① 指臧克家（一九○五~二○○四），中国现代著名诗人、作家，代表作有《烙印》《罪恶的黑手》等。
② 指李长之（一九一○~一九七八），中国现代著名作家，代表作有《道教徒的诗人及其痛苦》《司马迁之人格与风格》等。

室日寇占领期间是日本宪兵队刑讯中国革命者的地方，也是他们杀人的地方，据说，到现在还能听到鬼叫。我居德国十年，心中鬼神的概念已经荡然无存。即使是这样，我现在住在这一座空荡荡的大楼里，只感到鬼影幢幢、鬼气森森，我不禁毛发直竖。

第二天，我去见汤用彤先生①。由陈寅恪先生推荐，汤用彤先生接受，我受聘为北京大学教授。这次去见汤先生，由代校长傅斯年陪伴。校长胡适正在美国。在路上，傅斯年先生一个劲地给我做思想工作，说在国外获得博士学位以后，回国到北大都必须先当两年的副教授，然后才能转为正教授。这是多年的规定，不允许有例外。我洗耳恭听，一言不发。见到汤先生以后，他明确无误地告诉我：聘我为北京大学正教授，先做一个礼拜的副教授，表示并不是无端跳过了这一个必经的阶段。我当然感激之至。这是我在六十年前进入北大时的一段佳话。

这一年和下一年——一九四七年，我都在北大教书。一直到一九四八年，我才得到一个机会，搭乘飞机，飞回济南。我已经离家十三年了。这一次回来，也可以说是一享家人父子之乐吧。

荷姐当然见到了。她漂亮如故，调皮有加。一见我，先是高声呼叫"季大博士"。这我并不奇怪，我们从小互相开玩笑惯了。但是，她接着左一个"季大博士"，右一个"季大博士"，说个不停。这就引起了我的疑心。我悚然听之，我猛然发现，在

---

① 中国现代哲学家、佛学家、教育家，代表作有《汉魏两晋南北朝佛教史》《魏晋玄学论稿》等。

她的内心深处蕴藏着一点凄凉，一点寂寞，一点幽怨，还有一点悔不当初。一谈到悔不当初，我就必须说，这是我们自己酿成的一杯苦酒，必须由我们自己来品尝。在这里，主要当事人是荷姐本人，我一点责任都没有。

从此以后，就同荷姐失去了联系，到现在已经快六十年了。其间，我曾由李玉洁陪伴回济南一次，目的是参加山大校庆。来去匆匆，没有时间去探寻荷姐的行踪。到了今天，又已经过去了几年。看来，要想见到荷姐，只有梦中团圆了。

二〇〇六年四月八日

我的老师董秋芳先生

难道人到了晚年就只剩下回忆了吗？我不甘心承认这个事实，但又不能不承认。我现在就是回忆多于前瞻。过去六七十年不大容易想到的师友，现在却频来入梦。

其中，我想得最多的是董秋芳先生。

董先生是我在济南高中时的国文教员，笔名冬芬。胡也频先生被国民党通缉后离开了高中，再上国文课时，来了一位陌生的教员，个子不高，相貌也没有什么惊人之处，一只手还似乎有点毛病，说话绍兴口音颇重，不很容易懂。但是，他的笔名我们却是熟悉的。他翻译过一本苏联小说《争自由的波浪》，鲁迅先生作序，他写给鲁迅先生的一封长信，我们在报刊上读过，现在收在《鲁迅全集》中。因此，面孔虽然陌生，神交却已很久。这样一来，大家处得很好，也自是意中事了。

在课堂上，他同胡先生完全不同。他不讲什么现代文艺，也不宣传革命，只是老老实实地讲书，认真小心地改学生的作文。他也讲文艺理论，却不是弗里茨，而是日本厨川白村的《苦闷的象征》《出了象牙之塔》，都是鲁迅先生翻译的。他出作文题目很特别，往往只在黑板上大书"随便写来"四个字，意思自然是，我们愿意写什么，就写什么，愿意怎样写，就怎样写，丝毫不受约束，有绝对的写作自由。

我就利用这个自由写了一些自己愿意写的东西。我从小学经过初中到高中前半，写的都是文言文，现在一旦改变，并没有感到有什么不适应。原因是我看了大量的白话旧小说，将"五四"以来的新文学作品，鲁迅、胡适、周作人、郭沫若、郁达夫、茅盾、巴金等人的小说和散文几乎读遍了，自己动手写白话文，颇为得心应手，仿佛从来就写白话文似的。

在阅读的过程中，潜移默化，在无意识中形成了自己对写文章的一套看法。这套看法的最初根源似乎是来自旧文学，从《庄子》《孟子》《史记》，中间经过唐宋八大家，一直到明末的公安派和竟陵派、清代的桐城派，都给了我不同程度、不同方式的灵感。这些大家时代不同，风格迥异，却有不少共同之处。根据我的归纳，可以归为三点：第一，感情必须充沛真挚；第二，遣词造句必须简练、优美、生动；第三，整篇布局必须紧凑、浑成。三者缺一，就不是一篇好文章。文章的开头与结尾，更是至关重要。后来读了一些英国名家的散文，我也发现了同样的规律。我有时甚至想到，写文章应当像谱乐曲一样，有一个主旋律，辅之以一些小的旋律，前后照应，左右辅助，要在纷纭变化中有统一，在统一中有错综复杂，关键在于有节奏。总之，写文章必须惨淡经营。自古以来，确有一些文章如行云流水，仿佛是信手拈来，毫无斧凿痕迹。但是那是长期惨淡经营终入化境的结果。如果一开始就行云流水，必然走入魔道。

我这些想法形成于不知不觉之中，自己并没有清醒的意识。它也流露于不知不觉之中，自己也没有清醒的意识。有一次，在董先生的作文课堂上，我在"随便写来"的启迪下，写了一篇记述我回故乡奔母丧的悲痛心情的作文。感情真挚，自不待言，在谋篇布局方面却没有意识到有什么特殊之处。作文本发下来了，却使我大吃一惊。董先生在作文本每一页上面的空白处都写了一些批注，不少地方有这样的话："一处节奏""又一处节奏"，等等。我真是如拨云雾见青天：这真是我写的作文吗？这真是我的作文，不容否认。我为什么没有感到有什么节奏呢？这也是事实，不容否认。我的苦心孤诣连自己都没有意识到，却为董先生和盘托出，知己之感，油然而生。这决定了我一生的活动。从那以后，六十年来，我从事研究的是一些稀奇古怪的东西，与文章写作风马牛不相及。但是感情一受到剧烈的震动，所谓"心血来潮"，则立即拿起笔来，写点什么。至今已到垂暮之年，仍然是积习难除，锲而不舍。这同董先生的影响是绝对分不开的。我对董先生的知己之感，将伴我终生了。

高中毕业以后，到北京来念了四年大学，又回到母校济南高中教了一年国文，然后在欧洲待了将近十一年，一九四六年才回到祖国。在这长达二十多年的时间内，我一直没有同董秋芳老师通过信，也完全不知道他的情况。二十世纪五十年代初，在民盟的一次会上，完全出乎我意料，我竟见到了董先生，看那样子，他已垂垂老矣。我激动得说不出话来，他也非常激动。但是我平生有一个弱点：不善于表露自己的感情。董先生看来也是如此。我们每个人心里都揣着一把火，表面上却颇淡漠，大有君子之交淡如水之概了。

我生平还有一个弱点，我曾多次提到过，这就是，我不喜欢拜访人。这两个弱点加在一起，就产生了致命的后果：我同我平生感激最深、敬意最大的老师的关系，看上去有点若即若离了。

不记得是什么时候了，董先生退休了，离开北京回到了老家绍兴。这时候大概正处在十年浩劫期间，我是泥菩萨过江，自身难保，自顾不暇，没有余裕来想到董先生了。

又过一些时候，听说董先生已经作古。乍听之下，心里震动得非常剧烈。霎时，心中几十年的回忆、内疚、苦痛，蓦地抖动起来。我深自怨艾，痛悔不已。然而已经发生过的事情是无法挽回的，看来我只能抱恨终天了。

我虽然研究佛教，但是从来不相信什么生死轮回、再世转生，可是我现在真想相信一下。我自己屈指计算了一下，我这一辈子基本上是一个善人，坏事干过一点，但并不影响我的功德。下一生，我不敢也不愿奢望转生为天老爷，但我定能托生为人，不致走入畜生道。董先生当然能转生为人，这不在话下。等我们两个隔世相遇的时候，我相信，我的两个弱点经过地狱的磨炼已经克服得相当彻底，我一定能向他表露我的感情，一定常去拜访他，做一个程门立雪的好弟子。

然而，这一些都是可能的吗？这不是幻想又是什么呢？"他生未卜此生休"。我怅望青天，眼睛里溢满了泪水。

一九九〇年三月二十四日

悼念沈从文先生

去年有一天，老友肖离打电话告诉我，从文先生病危，已经准备好了后事。我听了大吃一惊，悲从中来。一时心血来潮，提笔写了一篇悼念文章，自诧为倚马可待、情文并茂。然而，过了几天，肖离又告诉我说，从文先生已经脱险回家。我心里一块石头落了地，又窃笑自己太性急，人还没去，就写悼文，实在非常可笑。我把那一篇"杰作"往旁边一丢，从心头抹去了那件事，稿子也沉入书山稿海之中，从此"云深不知处"了。

到了今年，从文先生真正去世了。我本应该写点什么的，可是，由于有了上述一段公案，懒于再动笔，一直拖到今天。同时我注意到，像沈先生这样一个人，悼念文章竟如此之少，有点不太正常，我也有点不平。考虑再三，还是自己披挂上马吧。

我认识沈先生已经五十多年了。当我还是一个大学生的时候，我就喜欢读他的作品。我觉得，在所有的并世的作家中，文章有独立风格的人并不多见。除了鲁迅先生之外，就是从文先生。他的作品，只要读上几行，立刻就能辨认出来，绝不含糊。他出身于湘西的一个破落小官僚家庭，年轻时当过兵，没有受过多少正规的教育，他完全是自学成家。湘西那片有点神秘的土地，其怪异的风土人情，通过沈先生的笔而大白于天下。湘西如果没有像沈先生这样的大作家和像黄永玉先生这样的大画家，恐怕一直到今天还是一片充满了神秘的terra incognita（没有人了解的土地）。

我同沈先生打交道，是通过一件不大不小的事情。丁玲的《母亲》出版以后，我读了觉得有一些意见要说，于是写了一篇书评，刊登在郑振铎、靳以主编的《文学季刊》创刊号上。刊出以后，我听说沈先生有一些意见。我于是立即写了一封信给他，同时请求郑先生在《文学季刊》创刊号再版时，把我那一篇书评抽掉。也许是由于这一个不能算是太愉快的因缘，我们就认识了。我当时是一个穷学生，沈先生是著名的作家，社会地位虽不能说如云泥之隔，毕竟差一大截子。可是他一点名作家的架子也不摆，这使我非常感动。他同张兆和女士结婚，在北京前门外大栅栏撷英番菜馆设盛大宴席，我居然也被邀请。当时出席的名流如云，证婚人好像是胡适之先生。

从那以后，有很长的时间，我们并没有多少接触。我到欧洲去住了将近十一年，他在抗日烽火中在昆明住了很久，在西南联大任国文系教授，彼此音问断绝，他的作品我也读不到了。但是有时候，不知是出于什么原因，我在饥肠辘辘、机声嗡嗡中，竟会想到他。我还是非常怀念这位可爱、可敬、淳朴、奇特的作家的。

一直到一九四六年夏天，我回到祖国。这一年的深秋，我终于又回到了别离了十几年的北平。从文先生也于此时从云南复员来到北大,我们同在一个学校任职。当时我住在翠花胡同,他住在中老胡同,都离学校不远,因此我们也相距很近,见面的次数就多了起来。他曾请我吃过一顿相当别致、毕生难忘的饭——云南有名的汽锅鸡。锅是他从昆明带回来的,外表看上去像宜兴紫砂,上面雕刻着花卉书法,古色古香,虽系厨房用品,然却古朴高雅,简直可以成为案头清供,与商鼎周彝斗艳争辉。

就在这次吃饭时,有一件小事给我留下了深刻的印象。当时要解开一个用麻绳捆得紧紧的什么东西。只需用剪子或小刀轻轻地一剪一割,就能弄开。然而从文先生却抢了过去,硬是用牙把麻绳咬断了。这个小小的举动,有点粗劲,有点蛮劲,有点野劲,有点土劲,并不高雅,并不优美,然而,它却完全透露了沈先生的个性。在达官贵人、高等华人眼中,这简直非常可笑,非常可鄙。可是,我欣赏的却正是这样一种劲头。我自己也许就是这样一个"土包子",虽然同那些只会吃西餐、穿西装、半句洋话也不会讲偏又自认为是"洋包子"的人比起来,我并不觉得低他们一等。不是有些人也认为沈先生是"土包子"吗?

还有一件小事,也使我忆念难忘。有一次我们到什么地方去游逛,可能是中山公园之类。我们要了一壶茶,我正要拿起壶来倒茶,沈先生连忙抢了过去,先斟出了一杯,又倒入壶中,说只有这样才能把茶味调得均匀。这当然是一件微不足道的小事,然而在琐细中不是更能看到沈先生的精神吗?

小事过后,来了一件大事:我们共同经历了北平的解放。在这个关键时刻,我并没有听说从文先生有逃跑的打算。他的心情也是激动的,虽然他并不故作革命状以达到某种目的,他仍然是朴素如常,可是厄运还是降临到他头上来。一个著名的马列主义文艺理论家,在香港出版的一个进步的文艺刊物上,发表了一篇长文,题目大概是什么《文坛一瞥》之类,前面有一段相当长的修饰语。这位理论家视觉似乎特别发达,他在文坛上看出了许多颜色。他"一瞥"之下,就把沈先生"瞥"成了粉红色的小生。我没有资格对这篇文章发表意见,但是,沈先生好像是当头挨了一棒,从此被"瞥"下了文坛,销声匿迹,再也不写小说了。

一个惯于舞笔弄墨的人,一旦被剥夺了写作的权利,他心里是什么滋味,我说不清他有什么苦恼,我也说不清。然而,沈先生并没有因此而消沉下去。文学作品不能写,还可以干别的事嘛。他是一个精力旺盛的人,他是一个闲不住的人,他转而研究起中国古代的文物来,什么古纸、古代刺绣、古代衣饰,等等,他都研究。凭了他那股惊人的钻研能力,过了没有多久,他就在新开发的领域内取得了可喜的成绩。他那本讲中国服饰史的书出版以后,洛阳纸贵,受到国内外一致的高度赞扬。他成了这方面的权威。他自己也写章草,又成了一个书法家。

有点讽刺意味的是,正当他手中写小说的笔被"瞥"掉的时候,从国外沸沸扬扬传来了消息,说国外一些人士想推选他做诺贝尔文学奖的候选人。我在这里着重声明一句,我们国内有一些人特别迷信诺贝尔奖,迷信的劲头非常可笑。试拿我们中国没有得奖的那几位文学巨匠同已经得奖的欧美的一些作家来比一比,其差距简直有如高山与小丘。同此辈争一日之长，有这个必要吗？推选沈先生当候选人的事是否进行过，我不得而知；沈先生怎样想，我也不得而知。我在这里提起这一件事，只不过把它当作沈先生一生中一个小小的插曲而已。

我曾在几篇文章中都讲到，我有一个很大的缺点（优点？），我不喜欢拜访人。有很多可尊敬的师友，比如我的老师朱光潜先生、董秋芳先生，等等，我对他们非常敬佩，但在他们健在时，我很少去拜访，对沈先生也一样。偶尔在什么会上，甚至在公共汽车上相遇，我感到非常亲切，他好像也有同样的感情。他依然是那样温良、淳朴，时代的风风雨雨在他身上，似乎没有留下什么痕迹，说白了就是没有留下伤痕。一谈到中国古代科技、艺术，等等，他就喜形于色，眉飞色舞，娓娓而谈，如数家珍，天真得像一个大孩子。这更增加了我对他的敬意，我心里曾几次动过念头：去看一看这位可爱的老人吧！然而，我始终没有行动。现在人天隔绝，想见面再也不可能了。

有生必有死，是大自然的规律。我知道，这个规律是违抗不得的，我也从来没有想去违抗。古代许多圣君贤相聪明一世，糊涂一时，想方设法去与这个规律对抗，妄想什么长生不老，结果却事与愿违，空留下一场笑话。这一点我很清楚，但是，生离死别，我又不能无动于衷。古人云：太上忘情。我是一个微不足道的凡人，无论如何也做不到忘情的地步，只有把自己钉在感情的十字架上了。我自谓身体尚颇硬朗，并不服老。然而，曾几何时，宛如黄粱一梦，自己已接近耄耋之年，许多可敬可爱的师友相继离我而去。此情此景,焉能忘情?现在从文先生也加入了去者的行列。他一生安贫乐道、淡泊宁静,死而无憾矣。对我来说,忧思却着实难以排遣。像他这样一个有特殊风格的人,现在很难找到了。我只觉得大地茫茫,顿生凄凉之感。我没有别的本领,只能把自己的忧思从心头移到纸上,如此而已。

一九八八年十一月二日写于香港中文大学会友楼

辑五

纵浪大化,不喜不惧

我真觉得,大千世界是美妙的。
我真觉得,人间是秀丽的。
我真觉得,生活是可爱的。

我的座右铭

多少年以来,我的座右铭一直是:

纵浪大化中,
不喜亦不惧。
应尽便须尽,
无复独多虑。

老老实实的、朴朴素素的四句陶诗,几乎用不着任何解释。

我是怎样实行这个座右铭的呢?无非是顺其自然、随遇而安而已,没有什么奇招。

"应尽便须尽,无复独多虑。"(到了应该死的时候,你就去死,用不着左思右想),这句话应该是关键性的。但是在我几十年的风华正茂的期间内,"尽"什么的是很难想到的。在这期间,我当然既走过阳关大道,也走过独木小桥。即使在走独木桥时,好像路上铺的全是玫瑰花,没有荆棘。这与"尽"的距离太远太远了。

到了现在，自己已经九十多岁了，离人生的尽头，不会太远了。我在这时候，根据座右铭的精神，处之泰然，随遇而安。我认为，这是唯一正确的态度。

我不是医生，我想贸然提出一个想法。所谓老年忧郁症恐怕十有八九同我上面提出的看法有关，怎样治疗这种病症呢？我本来想用"无可奉告"来答复，但是，这未免太简慢，于是改写一首打油，题曰《无题》：

> 人生在世一百年，
> 天天有些小麻烦。
> 最好办法是不理，
> 只等秋风过耳边。

一九九七年

傻瓜

天下有没有傻瓜？有的，但不是被别人称作"傻瓜"的人，而是认为别人是傻瓜的人，这样的人自己才是天下最大的傻瓜。

我先把我的结论提到前面明确地摆出来，然后再条分缕析地加以论证。这有点违反胡适之先生的"科学方法"。他认为，这样做是西方古希腊亚里士多德首倡的演绎法，是不科学的。科学的做法是他和他老师杜威的归纳法，先不立公理或者结论，而是根据事实，用"小心地求证"的办法，去搜求证据，然后才提出结论。

我在这里实际上并没有违反"归纳法"。我是经过了几十年的观察与体会，阅尽了芸芸众生的种种相，去粗取精、去伪存真以后，才提出了这样的结论。为了凸现它的重要性，所以提到前面来说。

闲言少叙，书归正传。有些人往往以为自己最聪明，他们争名于朝，争利于市，锱铢必较，斤两必争。如果用正面手段、表面上的手段达不到目的的话，则也会用些负面的手段、暗藏的手段来蒙骗别人，以达到损人利己的目的。结果怎样呢？结果是：有的人真能暂时得逞，"春风得意马蹄疾，一日看遍长安花"，大大地辉煌了一阵，然后被人识破，由座上客一变而为阶下囚；

有的人当时就能丢人现眼。《红楼梦》中有两句话说:"机关算尽太聪明,反误了卿卿性命。"这话真说得又生动,又真实。我绝不是说,世界上人人都是这样子,但是,从中国到外国,从古代到现代,这样的例子还算少吗?

原因何在?原因就在于:这些人都把别人当成了傻瓜。

我们中国有几句尽人皆知的俗话:"善有善报,恶有恶报,不是不报,时候未到,时候一到,一切皆报。"这真是见道之言。把别人当傻瓜的人,归根结底,会自食其果。古代的统治者对这个道理似懂非懂。他们高叫:"民可使由之,不可使知之。"是想把老百姓当傻瓜,但又很不放心,于是派人到民间去采风,采来了不少政治讽刺歌谣。杨震①是聪明人,对向他行贿者讲出了"四知"。他知道得很清楚:除了天知、地知、你知、我知之外,不久就会有一个第五知:人知。他是不把别人当作傻瓜的,还是老百姓最聪明。他们中的聪明人说:"若要人不知,除非己莫为。"他们不把别人当傻瓜。

可惜把别人当傻瓜的现象,自古亦然,于今犹烈。救之之道只有一条:不自作聪明,不把别人当傻瓜,从而自己也就不是傻瓜。哪一个时代,哪一个社会,只要能做到这一步,全社会就都是聪明人,没有傻瓜,全社会也就会安定团结。

一九九七年三月十一日

---

① 东汉名臣,字伯起,弘农华阴(今陕西华阴)人。

老年谈老

老年谈老,就在眼前,然而谈何容易!

原因何在呢?原因就在,自己有时候承认老,有时候又不承认,真不知道从何处谈起。

记得很多年以前,自己还不到六十岁的时候,有人称我为"季老",心中颇有反感,应之逆耳,不应又不礼貌,左右两难,极为尴尬。然而曾几何时,在不知不觉中,渐渐地听得入耳了,有时甚至还有点甜蜜感。自己吃了一惊:原来自己真是老了,而且也承认老了。至于这个大转变是从什么时候开始的,自己有点茫然懵然,我正在推敲而且研究。

不管怎样,一个人承认老是并不容易的。我的一位九十岁出头的老师有一天对我说,他还不觉得老,其他可知了。我认为,在这里关键是一个"渐"字。若干年前,我读过丰子恺先生一篇含有浓厚哲理的散文,讲的就是这个"渐"字。这个字有大神通力,它在人生中的作用绝不能低估。人们有了忧愁痛苦,如果不渐渐地淡化,则一定会活不下去的。人们逢到极大的喜事,如果不渐渐地恢复平静,则必然会忘乎所以,高兴得发狂。人们进入老境，也是逐渐感觉到的。能够感觉到老，其妙无穷。人们渐渐地觉得老了，从积极方面来讲，它能够提醒你：一个人的岁月绝不是取之不尽用之不竭的，应该抓紧时间，把想做的事情做完、做好，免得无常一到，后悔无及。从消极方面来讲，一想到自己的年龄，那些血气方刚时干的勾当就不应该再去硬干。个别喜欢争名于朝、争利于市的人，或许也能收敛一点。老之为用大矣哉！

我自己是怎样对待老年呢？说来也颇为简单。我虽年届耄耋，内部零件也并不都非常健全，但是我处之泰然。我认为，人上了年纪，有点这样那样的病是合乎自然规律的，用不着大惊小怪。如果年老了，硬是一点病都没有，人人活上二三百岁甚至更长的时间，那么今日狂呼"老龄社会"者，恐怕连嗓子也会喊哑，而且吓得浑身发抖，连地球也会被压塌的。我不想做长生的梦，我对老年甚至对人生的态度是道家的。我信奉陶渊明的两句诗：

纵浪大化中，

不喜亦不惧。

这就是我对待老年的态度。

看到我已经有了一把子年纪，好多人都问我：有没有什么长寿秘诀？我的答复是：我的秘诀就是没有秘诀，或者不要秘诀。我常常看到有些相信秘诀的人禁忌多如牛毛，这也不敢吃，那也不敢尝,比如,吃鸡蛋只吃蛋清,不吃蛋黄,因为据说蛋黄胆固醇高;动物内脏绝不入口,同样因为胆固醇高。有的人吃一个苹果要消三次毒,然后削皮,削皮用的刀子还要消毒,不在话下,削了皮以后,还要消一次毒,此时苹果已经毫无苹果味道,只剩下消毒药水味了。从前有一位化学系的教授,吃饭要仔细计算卡路里的数量,再计算维生素的数量,吃一顿饭用的数学公式之多等于一次实验。结果怎样呢?结果每月饭费超过别人十倍,而人却瘦成一只干巴鸡。一个人到了这个地步,还有什么人生之乐呢?如果再戴上放大百倍的显微镜眼镜,则所见者无非细菌,试问他还能活下去吗?

至于我自己呢,我决不这样做,我一无时间,二无兴趣。凡是我觉得好吃的东西我就吃,不好吃的我就不吃,或者少吃,卡路里、维生素统统见鬼去吧。心里没有负担,胃口自然就好,吃进去的东西都能很好地消化。再辅之以腿勤、手勤、脑勤,自然百病不生了。脑勤我认为尤其重要。如果非要让我讲出一个秘诀不行的话,那么我的秘诀就是:千万不要让脑筋懒惰,脑筋要永远不停地思考问题。

我已年届耄耋,但是,专就北京大学而论,倚老卖老,我还没有资格。在教授中,按年龄排队,我恐怕还要排到二十多位以后。我幻想眼前有一个按年龄顺序排列的向八宝山进军的北大教授队伍,我后面的人当然很多。但是向前看,我还算不上排头,心里颇得安慰,并不着急。可是偏有一些排在我后面的比我年轻的人,风风火火,抢在我前面,越过排头,登上山去。我心里实在非常惋惜，又有点怪他们，今天我国的平均寿命已经超过七十岁，比解放前增加了一倍，你们正在精力旺盛时期，为国效力正是好时机，为什么非要抢先登山不行呢？这我无法阻拦，恐怕也非本人所愿。不过我已下定决心，决不抢先加塞。

不抢先加塞活下去目的何在呢？要干些什么事呢？我一向有一个自己认为是正确的看法：人吃饭是为了活着，但活着不是为了吃饭。到了晚年，更是如此。我还有一些工作要做，这些工作对人民对祖国都还是有利的，不管这个"利"是大是小。我要把这些工作做完，同时还要再给国家培养一些人才。我仍然要老老实实干活，清清白白做人，决不干对不起祖国和人民的事；要尽量多为别人着想，少考虑自己的得失。人过了八十，金钱富贵等同浮云，要多为下一代操心，少考虑个人名利，写文章决不剽窃抄袭，欺世盗名。等到非走不行的时候，就顺其自然，坦然离去，无愧于个人良心，则吾愿足矣。

要说的话已经说完，但是我还想借这个机会发点牢骚。我在上面提到"老龄社会"这个词儿，这个概念我是懂得的，有些措施我也是赞成的。什么干部年轻化、教师年轻化，我都举双手赞成。但是我对报纸上天天大声叫嚷"老龄社会"，却有极大的反感。好像人一过六十就成了社会的包袱，成了阻碍社会进步的绊脚石，我看有点危言耸听，不知道用意何在。我自己已是老人，我也观察过许多别的老人。他们中游手好闲者有之，躺在医院里不能动的有之，天天提鸟笼、持钓竿者有之，如此等等，不一而足。但这只是少数，并不是老人的全部。还有不少老人虽然已经寿登耄耋，年逾期颐，向着白寿①甚至茶寿②进军，但仍然勤勤恳恳、焚膏继晷、兀兀穷年，难道这样一些人也算是社会的包袱吗？我倒不一定赞成"姜是老的辣"这样一句话。年轻人朝气蓬勃，是我们未来希望之所在，让他们登上要路津，是完全必要的。但是对老年人也不必天天絮絮叨叨、耳提面命："你们已经老了！你们已经不行了！对老龄社会的形成你们不能辞其咎呀！"这样做有什么用处呢？随着生活的日益改善，人们的平均寿命还要提高，将来老年人在社会中所占的比例还要提高。即使你认为这是一件坏事，你也没有法子改变。听说从前钱玄同先生主张人过四十一律枪毙，这只是愤激之辞，有人作诗讽刺他自己也活过了四十而照样活下去。我们有人老是为社会老龄化担忧，难道能把六十岁以上的人统统赐自尽吗？老龄化同人口多不是一码事。担心人口爆炸，用计划生育的办法就能制止。老龄化是自然趋势，而且无法制止。既然无法制止，就不必瞎嚷，这是徒劳无益的。我总怀疑，"老龄化"这玩意儿也是从外国进口的舶来品。西方人有同我们不同的伦理概念，我们大可以不必东施效颦。质诸高明③，以为如何？

牢骚发完，文章告终，过激之处，万望包容。

一九九一年七月十五日

---

① 九十九岁的雅称。
② 一百零八岁的雅称。
③ 意为向高明的人请教、询问。质，询问。

百年回眸

我们眼前正处在一个"世纪末",甚至"千纪末"中。所谓"世纪",是人为地制造成的。如果没有耶稣,哪里来的什么公元?如果没有公元,又哪里来的什么世纪?这种人工制成的东西,不像年、月、日、时,春、夏、秋、冬这些大自然形成的东西,有其产生的必然性,对人类和世界万物有其必然的影响。这是一个十分浅显的道理,一想就能明白的。

可是人造的世纪,偏偏又回过头来对人类的思想和行动产生影响。十九世纪的"世纪末"中,欧洲思想界、文学艺术界所发生的颇为巨大的变动,是人所共知的。然而,迄今却还没有得到合情合理的解释。

现在一个新的"世纪末"又来到了我们身边。在这个二十世纪的"世纪末"中,全球政治方面的剧烈变动,实在令人有石破天惊之感。在哲学思想、文艺理论等方面的变动,也十分惊人。今天一个"主义",明天一个"主义",令人目不暇接,而所谓"信息爆炸",更搅得天下不安。这些都是事实,至于它们与"世纪末"有否必然的联系,则是说不清楚的一个问题。

也有能完全说得清楚的,就是眼下全世界各国政府,以及一切懂得世纪和世纪末的意义的人士,无不纷纷回顾,回顾即将过去的二十世纪,又纷纷瞻望,瞻望即将来临的二十一世纪。学术界也在忙着总结二十世纪的成绩,预想下一个世纪的前景。几乎人人都在犯着神秘莫测的世纪病。

有人称我为"世纪老人",我既感光荣,又感惶恐,因为我自己还欠一把火,我只在二十世纪生活了八十九年,还差十一年才够得上一个世纪,但是,退一步想,我毕竟经历了一个世纪的百分之九十,虽不中,不远矣。回忆一个世纪的经历,我还算是有点资格的。因此,我不揣冒昧,就来一个"世纪回眸",谈一谈我在过去一个世纪中的亲身感受。

我一向有一个看法,我觉得,每一个人的一生都是一场拼搏。人的降生,都是被动的,并非出于个人愿望。既然来到人间,就必须活下去。然而,活下去却并不容易,包括旧时代的皇帝在内,馅饼并不从天上自动掉到你的嘴里来,你必须去拼搏。这是一个人生存的首要任务。我从一九一一年起,就拼搏着前进,有时走阳关大道,有时走独木小桥,有时风和日丽,有时阴霾蔽天,拼呀拼,一直拼到今天,总算还活着,我的同龄人有的已经离开了这个世界。我现在的情况可以拿一句旧诗来形象地描绘出来:"删繁就简三秋树。"我这个叶片身边老叶片不多了,怎能没有凄清寂寞之感呢?

再谈这一百年来我亲身经历的世界大事和国家大事。我经历过清朝帝国，虽然只有两个多月，毕竟还得算是清朝"遗小"。我经历过辛亥革命，经历过洪宪称帝，经历过军阀混战，经历过国民党统治，经历过日寇入侵，经历过抗日战争，其间我在欧洲住过近十一年，亲身经历了"二战"，又经历过解放战争，经历过中华人民共和国的建立。建立以后，眼前虽然有希望了，然而又今天斗，明天斗，这次我斗你，下次你斗我，搅得知识分子如我者，天天胆战心惊，如履薄冰，斗到了一九六六年，终于斗进了牛棚。改革开放以后，松了一口气，然而人已垂垂老矣。

从世界范围内来看，西方工业革命以后，科技的发展给全世界人民带来极大的福利，无远弗届①。这我们绝不会忘记。然而跟着来的却是无穷无尽的灾害和弊端，举其荦荦②大者，如环境污染、空气污染、生态平衡破坏、臭氧层出洞、人口爆炸、新疾病产生、淡水资源匮乏，如此等等，不一而足。上面列举的弊端，都与工业生产有紧密联系，哪一个弊端不消除，都能影响人类生存的前途。现在，有识之士奔走惊呼，各国政府也在努力设立专门机构，企图解决这些问题。"天之骄子"的人类何去何从？实在成了"世纪末"的一大问题。

再说到我自己。我从一九一一年就努力拼搏，拼搏了一生，好像是爬泰山南天门。我不想"会当凌绝顶，一览众山小"，我只是不得不爬而已，有如鲁迅《野草》中的那位"过客"，只有

---

① 意为没有不能到达的地方。

② 音luò luò，明显，分明。

努力向前。我想起了两句旧诗:"马后桃花马前雪,教人哪得不回头?"①我想把这诗改为:"马前桃花马后雪,教人哪得肯回头?"我的"马前"当然指的是二十一世纪,"马后"就是即将过去的二十世纪。"马后雪",是可以肯定的;"马前桃花",却只是我的希望。我真是万分虔诚地期望着,二十一世纪将会是桃花开满普天之下,绚丽芬芳,香气直冲牛斗。

一九九八年十月十五日

---

① 详见《咪咪》篇脚注。

大放光明

幼年时候,我喜欢读唐代诗人刘梦得的诗《赠眼医婆罗门僧》:

> 三秋伤望远,终日泣途穷。
> 两目今先暗,中年似老翁。
> 看朱渐成碧,羞日不禁风。
> 师有金篦术,如何为发蒙?

觉得颇为有趣。一个印度游方郎中眼医,不远万里,跋山涉水,来到中国行医,如果把他的经历写下来,其价值恐怕不会低于《马可孛罗游记》①。只可惜,我当年目光如炬,"欲穷千里目",易如反掌,对刘梦得的处境和心情一点都不理解,以为这不过是中印文化交流史上的一件不大不小的事迹而已。不有同病,焉能相怜!

约莫在十几年前,我已步入真正的老境,身心两个方面都

---

① 今译《马可波罗游记》。

感到有点力不从心了。眼睛首先出了问题，看东西逐渐模糊了起来。"看朱渐成碧"的经历我还没有过，但是，红绿都看不清楚则是经常的事。经过了"十年浩劫"的炼狱，穷途之感是没有了，但是以眼泪洗面则时常会出现。求医检查，定为白内障。白内障就白内障吧，这是科学，不容怀疑。我是一个随遇而安的乐天派，觉得人生有点白内障也是难免的。有了病，就得治，那种同疾病作斗争的说法或做法，为我所不解。谈到治，我不禁浮想联翩，想到了唐代的刘梦得和那位眼医婆罗门僧。我不知道金篦术是什么样的方法，估计在一千多年前是十分先进的手术，而今则渺矣茫矣，莫名其妙了。在当时，恐怕金篦术还真有效用，否则刘梦得也绝不会赋诗赞扬。常言道：到什么时候说什么话。今天只能乞灵于最新的科学技术了。说到治白内障，在今天的北京，最有权威的医院是同仁。在同仁，最有权威的大夫是有"北京第一刀"之誉的施玉英大夫。于是我求到了施大夫门下，蒙她亲自主刀，仅用二十分钟就完成了手术。但只做了右眼的手术，左眼留待以后，据说这是正常的做法。不管怎样，我能看清东西了。虽然两只眼睛视力相差悬殊，右眼是0.6，左眼是0.1，一明一暗，两只眼睛经常闹点小矛盾，但是我毕竟能写字看书了，着实快活了几年。

但是，天有不测风云，人有旦夕祸福。近些日子，明亮的右眼突然罢了工，眼球后面长出了一层厚膜，把视力挡住，以致伸手不见五指。中石（欧阳）的右眼也有点小毛病，尝自嘲"无出其右者"，我现在也有了类似的深切感受。但是祸不单行，左眼的视力也逐渐下降,现在已经达不到0.1了。两只眼通力协作,把我制造成了一个半盲人。严重的程度远远超过了刘梦得,我本来已是老翁,现在更成了超级老翁了。

有颇长的一段时间,我在昏天黑地中过日子。我本来还算是一个谦恭的人,现在却变成了"目中无人",因为即使是熟人,一米之内才能分辨出庐山真面目。我又变成了"不知天高地厚",上不见蓝天,下不见脚下的土地,走路需要有人搀扶,一脚高,一脚低,踉跄前进。两个月前,正是阳春三月,燕园中一派大好风光,嫩柳鹅黄,荷塘青碧,但是,这一切我都无法享受。小蔡搀扶着我,走向湖边,四顾茫然。柳条勉强能够看到,只像是一条条的黑线。数亩方塘,只能看到潋滟的水光中一点波光。我最喜爱的二月兰就在脚下,我却视而不见。我问小蔡,柳条发绿了没有?她说,不但发绿了,而且柳絮满天飞舞了,我却只能感觉,一团柳絮也没有看到。我手植的玉兰花,今年是大年,开了两百多朵白花,我抬头想去欣赏,也只能看到朦朦胧胧的几团白色。我手植的季荷是我最关心的东西,我每天都追问小蔡,新荷露了尖尖角没有?但是,荷花性子慢,迟迟不肯露面。我就这样过了一个春天。

有病必须求医,这是常识,而求医的首选当然依然是同仁医院,是施玉英大夫。可惜施大夫因事离京,我等候了相当长的一段时间,心中耐不住,奔走了几个著名的大医院。为我检查眼睛的几个著名的眼科专家,看到我动过手术的右眼,无不同声赞赏施玉英大夫手术之精妙。但当我请他们给我治疗时,他们又无不同声劝我,还是等施大夫。这样我只好耐着性子等候了。

施大夫终于回来了。我立马赶到同仁医院,见到了施大夫。经过检查,她说:"右眼打激光,左眼动手术!"斩钉截铁,没有丝毫游移①,真正是"指挥若定识萧曹"的大将风度。我一下子仿佛吃了定心丸。

但这并不真能定心,只不过是知道了结论而已。对于这两个手术我是忐忑不安的,因为我患心律不齐症已有四十余年,虽然始终没有发作过,但是,正如我一进宫(第一次进同仁的戏称)时施玉英大夫所说的那样,四十年不发作,不等于永远不发作。不怕一万,就怕万一,万一在手术台上心房一颤动,则在半秒钟内,一只眼就会失明,万万不能掉以轻心。现在是二进宫了,想到施大夫这几句话,我能不不寒而栗吗?何况打激光手术,我完全不知道是怎么一回事,恍兮惚兮,玄妙莫测。一想到这项新鲜事物,我心里能不打鼓吗?

总之,我认为,这两项手术都是风云莫测的,都包含着或大或小的危险性,我应当做好充分的思想准备,事实上,我也确实做了细致和坚定的思想准备。

谈到思想准备,无非是上、中、下三种。上者争取两项手术都完全成功。对此,基于我在上面讲到危险情况,我确实一点把握都没有。中者指的是一项手术成功,一项失败。这个情况我认为可能性最大。不管是保住左眼,还是保住右眼,只要我还能看

---

① 态度摇摆不定。

到东西，我就满意了。下者则是两项手术全都失败。这情况虽可怕，然而可能性确实是存在的。为了未雨绸缪，我甚至试做赛前的热身操。我故意长时间地闭上双目，只用手来摸索。桌子上和窗台上的小摆设对我毫无用处了，我置之不摸。书本和钢笔、铅笔，也不能再为我服务了，我也不去摸它们。我只摸还有点用的刀子和叉子，手指尖一阵冰凉，心里感到颇为舒服。我又痴想联翩，想到国外一些失明的名人，比如鲁迅的朋友、俄国盲诗人爱罗先珂。我又想到自己几位失明的师辈。冯友兰先生晚年目盲，却写出崭新的《中国哲学史新编》，思想解放、挥洒自如，成为一生绝唱。年已一百零五岁的陈翰笙先生，在庆祝他百年诞辰时，虽已目盲多年，却仍然要求工作。陈寅恪先生忧患一生，晚年失明，却写出了长达八十万字的《柳如是别传》，为士林所称绝。类似的例子，还可以举出一些来。但是，我觉得，这几个例子已经够了，已经足以警顽立懦[①]、振聋发聩了。

以上都只是幻想。幻想终归是幻想，我还是回到现实中来吧。现实就是我要二进宫，再回到同仁医院。当年一进宫的时候，我坐车中，心神不定，不知是出于什么原因，无端背诵起来了苏东坡的"明月几时有？把酒问青天"这一首词，往复背诵了不知道多少遍，一直到走下汽车，躺在手术台上，我又无端背诵起来了苏词"缥缈红妆照浅溪"一首，原因至今不明。

我这一出一进宫，只是为了做一个手术，却唱了十七天。这

[①] 意为使顽固的人受到警醒，使懦弱的人能够自立。

一出二进宫，是想做两个手术，难道真让我唱上三十四天吗？可是我真正万万没有想到，我进宫的第二天早晨，施大夫就让人通知我，下午一点做白内障手术，后来又提前到十二点。这一次我根本没有诗兴，根本没有想到东坡词。一躺上手术台，施大夫同我聊了几句闲天："季老！你已经迫近九十高龄，牙齿却还这样好。"我答曰："前面排牙是装饰门面的，后面的都已支离破碎了。"于是手术开始，不到二十分钟便胜利结束，让我愉快地吃了一惊。

过了几天，我又经历了一次愉快的吃惊。刚吃完午饭，正想躺下午休，推门进来了一位大夫，不是别人，正是施玉英大夫本人，后面跟着一位柴大夫，这完全出我意料。除了查房外，施大夫是不进病房的。她通知我，待会儿下午一点半做打激光手术。我惊诧莫名，但心里立即紧张起来。我听一个过来人说过，打激光要扎麻药，打完后，第一夜时有剧痛，须服止痛药才能勉强熬住，过一两天，还要回医院检查。手续麻烦得很哩。但是，箭在弦上，不能不发，我硬着头皮，准时到了手术室，两位大夫都在。施大夫让我坐在一架医院到处都有的检查眼睛的机器旁，我熟练地把下巴颏儿压在一个盘状的东西上，心里想，这不过是手术前照例的检查，下一道手续应该是扎麻药针了。柴大夫先坐在机器的对面，告诉我，右眼球不要动，要向前看。只听得"啪啪"几声响，施大夫又坐在那个位子上，又只是"啪啪"几声，前后不到几秒钟，两个大夫说："手术完了！"我吃惊得目瞪口呆："怎么完了？"我以为大头还在后面哩。我站了起来，睁眼环顾四周，眼前大放光明了。几秒钟之隔，竟换了一个天地，我首先看到了施大夫。我同这位为我发矇①的大恩人，做白内障手术已达两万多例的、名满天下的女大夫，打交道已有数年之久，但是，她的形象在我眼中只是一个影子。今天她活灵活现地站在我眼前，满面含笑，我又是一惊："她怎么竟是这样年轻啊！"我目光所及，无不熠熠闪光。几秒钟前，不见舆薪②，而今却能明察秋毫。回到病房，看到陆燕大夫，几天来，她的庐山真面目似乎总是隐而不彰，现在看到她是一个二十岁刚出头的年轻少女。当年杜甫闻官军收复河南河北而"漫卷诗书喜欲狂"，我眼前虽没有诗书可卷，而"喜欲狂"则是完全相同的。

回到燕园，时隔只有九天，却仿佛真正换了人间。临走时，一切都是模模糊糊的，回来时却一切都清清楚楚，都在光天化日之下了。天空更蓝，云彩更白；山更青，水更碧；小草更绿，月季更红；水塔更显得凌空巍然，小岛更显得葱郁葳蕤。所有这一切，以前都似乎没有看得这样清清白白，今天一见，俨然如故友重逢了。

楼前的一半种了季荷的大池塘，多少年来，特别是近半年以来，在我眼中，只是扑朔迷离、模糊一团，现在却明明白白、清清晰晰地奔来眼底。塘边垂柳，枝条万千，倒映塘中，形象朗然。小鱼在树影中穿梭浮游，有时似爬上枝条，有时竟如穿透树

---

① 意为使眼睛看得见、看得清。矇，盲，失明。
② 满车的柴，比喻大而易见的事物。

干。水面上的黑色长腿的小虫，一跳一跳地往来游戏。荷塘中莲叶已田田出水，嫩绿满目，水中游鱼大概正在"游戏莲叶间"吧。可惜这情景不但现在看不到，连以前也是难以看到的。

走进家中，我多日想念的小猫们列队欢迎。它们真也像想念我多日了。现在挤在一起，在我脚下，钻来钻去。有的用嘴咬我的裤腿角，有的用毛茸茸的身子在我腿上蹭来蹭去，有的竟跳上桌子，用软软的小爪子拍我的脸。一时白光闪闪，满室生春，我顾而乐不可支。我养的小猫都是从我家乡山东临清带来的纯种波斯猫，纯白色，其中有一些是两只眼睛颜色不同的，一黄一碧，俗称金银眼或鸳鸯眼。这是波斯猫的特征之一，但是，在我长期半盲期间，除非把小猫脑袋抱在逼近我眼前，我是看不出来的。平常只觉得猫眼浑然一体而已，现在，自己的眼睛大放光明了，小猫在我眼中的形象也随之大变，它们瞪大了圆圆的眼睛瞅着我，黄碧荧然，如同初见，我真正惊喜莫名了。

总之，花花世界，万紫千红，大放光明，尽收眼中。我真想手之舞之，足之蹈之了。

我真觉得，大千世界是美妙的。

我真觉得，人间是秀丽的。

我真觉得，生活是可爱的。

所有这一切都是二进宫的产物。我现在唯有祈祷上苍，千万不要让我三进宫。

二〇〇〇年六月八日写完

长寿之道

我已经到了望九之年,可谓长寿矣。因此经常有人向我询问长寿之道、养生之术。

我敬谨答曰:"养生无术是有术。"

这话看似深奥,其实极为简单明了。我有两个朋友,十分重视养生之道。每天锻炼身体,至少要练上两个钟头。曹操诗曰:"对酒当歌,人生几何?"人生不过百年,每天费上两个钟头,统计起来,要有多少钟头啊!利用这些钟头,能做多少事情呀!如果真有用,也还罢了。他们两人,一个先我而走,一个卧病在家,不能出门。

因此,我首创了三"不"主义:不锻炼,不挑食,不嘀咕,名闻全国。

我这个三"不"主义,容易招误会,我现在利用这个机会解释一下。我并不绝对反对适当的体育锻炼,但不要过头。一个人如果天天望长寿如大旱之望云霓,而又绝对相信体育锻炼,则此人心态恐怕有点失常,反不如顺其自然为佳。

至于不挑食,其心态与上面相似。常见有人年才逾不惑,就开始挑食,蛋黄不吃,动物内脏不吃,每到吃饭,战战兢兢,如履薄冰,窘态可掬,看了令人失笑。以这种心态而欲求长寿,岂非南辕而北辙!

我个人认为,第三点最为重要。对什么事情都不嘀嘀咕咕,心胸开朗,乐观愉快,吃也吃得下,睡也睡得着,有问题则设法解决之,有困难则努力克服之,决不视芝麻绿豆大的窘境如苏迷庐山般大,也决不毫无原则随遇而安,决不玩世不恭。"应尽便须尽,无复独多虑",有这样的心境,焉能不健康长寿?

我现在还想补充一点,很重要的一点。根据我个人七八十年的经验,一个人决不能让自己的脑筋投闲置散,要经常让脑筋活动着。根据外国一些科学家的实验结果,"用脑伤神"的旧说法已经不能成立,应改为"用脑长寿"。人的衰老主要是脑细胞的死亡。中老年人的脑细胞虽然天天死亡,但人一生中所启用的脑细胞只占细胞总量的四分之一,而且在活动的情况下,每天还有新的脑细胞产生。只要脑筋的活动不停止,新生细胞比死亡细胞数目还要多。勤于动脑筋,则能经常保持脑中血液的流通状态,而且能通过脑筋协调控制全身的功能。

我过去经常说:"不要让脑筋闲着。"我就是这样做的,结果有人说我"身轻如燕,健步如飞"。这话有点过了头,反正我比同年龄人要好些,这却是真的。原来我并没有什么科学根据,只能算是一种朴素的直觉。现在读报纸，得到了上面的认识。在沾沾自喜之余，谨做补充如上。

这就是我的"长寿之道"。

一九九七年十月二十九日

难得糊涂

清代郑板桥提出来的亦书写出来的"难得糊涂"四个大字,在中国,真可以说是家喻户晓、尽人皆知的。一直到今天,两百多年过去了,但在人们的文章里、讲话里,以及嘴中常用的口语中,这四个字还经常出现,人们都耳熟能详。

我也是难得糊涂党的成员。

不过,在最近几个月中,在经过了一场大病之后,我的脑筋有点开了窍。我逐渐发现,糊涂有真假之分,要区别对待,不能眉毛胡子一把抓。

什么叫真糊涂,而什么又叫假糊涂呢?

用不着作理论上的论证,只举几个小事例就足以说明了。例子就从郑板桥举起。

郑板桥生在清代乾隆年间,所谓康乾盛世的下一半。所谓盛世历代都有,实际上是一块其大无垠的遮羞布。在这块布下面,一切都照常进行。只是外寇来得少,人民作乱者寡,大部分人能勉强吃饱了肚子,"不识不知,顺帝之则"①了。最高统治者的宫廷斗争,仍然是血腥淋漓,外面小民是不会知道的。

历代的统治者都喜欢没有头脑没有思想的人,有这两个条件的只是士这个阶层,所以士一直是历代统治者的眼中钉。可离开他们又不行,于是胡萝卜与大棒并举,少部分争取到皇帝帮闲或帮忙的人,大致已成定局。等而下之,一大批士都只有一条向上爬的路——科举制度,成功与否,完全看自己的运气。翻一翻《儒林外史》,就能洞悉一切。但同时皇帝也多以莫须有的罪名大兴文字狱,杀鸡给猴看。统治者就这样以软硬兼施的手法统治天下。看来大家都比较满意。但是我认为,这是真糊涂,如影随形,就在自己身上,并不难得。

我的结论是:真糊涂不难得,真糊涂是愉快的,是幸福的。

此事古已有之,历代如此。楚辞所谓"举世皆浊我独清,众人皆醉我独醒",所谓"醉",就是我说的糊涂。

可世界上还偏有郑板桥这样的人,虽然人数极少极少,但毕竟是有的。他们为天地留了点正气。他已经考中了进士。据清代的一本笔记上说,由于他的书法不是台阁体,没能点上翰林,只能外放当一名知县,"七品官耳"。他在山东潍县做了一任县太爷,又偏有良心,同情小民疾苦,有在潍县衙斋里所作的诗为证。结果是上官逼,同僚挤,他忍受不了,只好丢掉乌纱帽,到

---

① 出自《诗经·大雅·皇矣》,意为无知无识,不知古今,自然地遵循上天的法则。帝,上天。则,法则。

扬州当"八怪"去了。他一生诗书画中都有一种愤懑不平之气,有如司马迁的《史记》。他倒霉就倒在世人皆醉而他独醒,也就是世人皆真糊涂而他独必须装糊涂,假糊涂。

我的结论是:假糊涂才真难得,假糊涂是痛苦,是灾难。

现在说到我自己。

我初进三〇一医院的时候,始终认为自己患的不过是癣疥之疾。隔壁房间里主治大夫正与北大校长商议发出病危通告,我这里却仍然嬉皮笑脸,大说其笑话。终医院里的四十六天,我始终没有危机感。现在想起来,真正后怕。原因就在,我是真糊涂,极不难得,极为愉快。

我虔心默祷上苍,今后再也不要让真糊涂进入我身,我宁愿一生背负假糊涂这个十字架。

二〇〇二年十二月二日在三〇一医院
于大夫护士嘈杂声中写成,亦一快事也

三思而行

"三思而行",是我们现在常说的一句话,主要劝人做事不要鲁莽,要仔细考虑,然后行动,则成功的可能性会大一些,碰壁的可能性会小一些。

要数典而不忘祖,也并不难。这个典故就出在《论语·公冶长第五》:"季文子三思而后行。子闻之曰:'再,斯可矣。'"这说明,孔老夫子是持反对意见的。吾家老祖宗文子(季孙行父)的三思而后行的举动,两千六七百年以来,历代都得到了几乎全天下人的赞扬,包括许多大学者在内。查一查《十三经注疏》,就能一目了然。《论语正义》说:"三思者,言思之多,能审慎也。"许多书上还表扬了季文子,说他是"忠而有贤行者"。甚至有人认为三思还不够。《三国志·吴志·诸葛恪传注》中说,有人劝恪"每事必十思"。可是我们的孔圣人却冒天下之大不韪,批评了季文子三思过多,只思二次(再)就够了。

这怎么解释呢?究竟谁是谁非呢?

我们必须先弄明白,什么叫"三思"。总起来说,对此有两个解释。一个是"言思之多",这在上面已经引过。一个是"君子之谋也，始衷（中）终皆举之而后入焉"。这话虽为文子自己所说，然而孔子以及上万上亿的众人却不这样理解。他们理解，一直到今天，仍然是"多思"。

多思有什么坏处呢？又有什么好处呢？根据我个人几十年来的体会，除了下围棋、象棋，等等以外，多思有时候能使人昏昏，容易误事。平常骂人说是"不肖子孙"，意思是与先人的行动不一样的人。我是季文子的最"肖"子孙。我平常做事不但三思，而且超过三思，是否达到了人们要求诸葛恪做的"十思"，没做统计，不敢乱说。反正是思过来，思过去，越思越糊涂，终而至头昏昏然，而仍不见行动，不敢行动。我这样一个过于细心的人，有时会误大事的。我觉得，碰到一件事，决不能不思而行，鲁莽行动。记得当年在德国时，法西斯统治正如火如荼，一些盲目崇拜希特勒的人，常常使用一个词儿Darauf-galngertum，意思是"说干就干，不必思考"。这是法西斯的做法，我们必须坚决扬弃。遇事必须深思熟虑，先考虑可行性，考虑的方面越广越好。然后再考虑不可行性，也是考虑的方面越广越好。正反两面仔细考虑完以后，就必须加以比较，做出决定，立即行动。如果你考虑正面，又考虑反面之后，再回头来考虑正面，又再考虑反面，那么，如此循环往复，终无宁日，最终成为考虑的巨人，行动的侏儒。

所以，我赞成孔子的"再，斯可矣"。

一九九七年五月十一日

真理愈辨愈明吗

学者们常说:"真理愈辨愈明。"我也曾长期虔诚地相信这一句话。

但是,最近我忽然大彻大悟,觉得事情正好相反,真理是愈辨愈糊涂。

我在大学时曾专修过一门课"西洋哲学史",后来又读过几本《中国哲学史》和《印度哲学史》。我逐渐发现,世界上没有哪两个或多个哲学家,学说完全是一模一样的。有如大自然中的树叶,没有哪几片是绝对一样的,有多少树叶就有多少样子。在人世间,有多少哲学就有多少学说。每个哲学家都认为自己掌握了真理,有多少哲学家就有多少真理。

专以中国哲学而论,几千年来,哲学家们不知创造了多少理论和术语。表面上看起来,所用的中国字都是一样的,然而哲学家们赋予这些字的含义却不相同。比如韩愈的《原道》是脍炙人口、家喻户晓的。文章开头就说:"博爱之谓仁,行而宜之之谓义,由是而之焉之谓道,足乎己无待于外之谓德"。韩愈大概认为,仁、义、道、德就代表了中国的"道"。他的解释简单明了，一看就懂。然而，倘一翻《中国哲学史》，则必能发现，诸家对这四个字的解释多如牛毛，各自自是而非他。

哲学家们辨（分辨）过没有呢？他们辩（辩论）过没有呢？他们既"辨"又"辩"，可是结果怎样呢？结果是让读者如堕五里雾，眼花缭乱，无所适从。我顺手举两个中国过去辨和辩的例子。一个是《庄子·秋水》："庄子与惠子游于濠梁之上。庄子曰：'鲦鱼出游从容，是鱼之乐也。'惠子曰：'子非鱼，安知鱼之乐？'庄子曰：'子非我，安知我不知鱼之乐？'"我觉得，惠施还可以答复："子非我，安知我不知子不知鱼之乐？"这样辩论下去，一万年也得不到结果。

还有一个辩论的例子是取自《儒林外史》："丈人道：'……你赊了猪头肉的钱不还，也来问我要！终日吵闹这事，哪里来的晦气！'陈和甫的儿子道：'老爹，假使这猪头肉是你老人家自己吃了，你也要还钱。'丈人道：'胡说！我若吃了，我自然还。这都是你吃的！'陈和甫儿子道：'设或我这钱已经还过老爹，老爹用了，而今也要还人。'丈人道：'放屁！你是该人的钱！怎是我用你的？'陈和甫儿子道：'万一猪不生这个头，难道它也来问我要钱？'"

以上两个辩论的例子，恐怕大家都是知道的。庄子和惠施都是诡辩家，《儒林外史》是讽刺小说。要说这两个对哲学辩论有普遍的代表性，那是言过其实。但是，倘若你细读中外哲学家"辨"和"辩"的文章，其背后确实潜藏着与上面两个例子类似的东西。这样的"辨"和"辩"能使真理愈辩愈明吗？戛戛乎难矣哉①！

　　哲学家同诗人一样，都是在作诗。作不作由他们，信不信由你们。这就是我的结论。

一九九七年十月二日

---

① 形容非常困难、费力。戛戛乎，困难的样子。出自韩愈《答李翊书》："唯陈言之务去，戛戛乎其难哉。"

希望在你们身上

人类社会的进步,有如运动场上的接力赛。老年人跑第一棒,中年人跑第二棒,青年人跑第三棒。各有各的长度,各有各的任务,互相协调,共同努力,以期获得最后胜利。这里面并没有高低之分,只有前后之别。老年人不必"倚老卖老",青年人也不必"倚少卖少"。老年人当然先走,青年人也会变老。如此循环往复,流转不息。这是宇宙和人世间的永恒规律,谁也改变不了一丝一毫。所谓社会的进步,就寓于其中。

中国古话说:"长江后浪推前浪,世上新人换旧人。"像我这样年届耄耋的老朽,当然已是"旧人"。我们可以说是已经交了棒,看你们年轻人奋勇向前了。但是我们虽无棒在手,也决不会停下不走,"坐以待毙",我们仍然要焚膏继晷,献上自己的余力,跟中青年人同心协力,把我们国家的事情办好。

我说的这一番道理,几近老生常谈,然而却是真理。人世间的真理都是明白易懂的。可是,芸芸众生,花花世界,浑浑噩噩者居多，而明明白白者实少。你们青年人感觉锐敏，英气蓬勃，首先应该认识这个真理。要想树立正确的人生观和价值观，也必须从这里开始。换句话说就是，要认清自己在人类社会进化的漫漫长河中的地位。人类的前途要由你们来决定，祖国的前途要由你们来创造。这就是你们青年人的责任。千万不要把人生观和价值观当作一个哲学命题来讨论，徒托空谈，无补实际。一切人生观和价值观，离开了这个责任感，都是空谈。

那么，我作为一个老人，要对你们说些什么座右铭呢？你们想要从我这里学些什么经验呢？我没有多少哲理，我也讨厌说些空话、废话、假话、大话。我一无灵丹妙药，二无锦囊妙计。我只有一点明白易懂、简单朴素、几近老生常谈又确实是真理的道理。我引一首宋代大儒朱子的诗：

> 少年易老学难成，
> 一寸光阴不可轻。
> 未觉池塘春草梦，
> 阶前梧叶已秋声。

明白易懂，用不着解释。这首诗的关键有二：一是要学习，二是要惜寸阴。朱子心目中的"学"，同我们的当然不会完全一样。这个道理也用不着多加解释，只要心里明白就行。

至于爱惜光阴，更是易懂。然而真正能实行者，却不多见。
这就是一个耄耋老人对你们的肺腑之言。
青年们，好自为之。世界是你们的。

一九九四年十二月四日

附录 孙辈的怀念

人们讲,爷爷是笑着走的,应该是喜丧,我们要高高兴兴地送老爷子走。可是,不争气的眼泪却不愿离开我的眼眶。看着有那么多敬仰爷爷的人前来为他送行,更是百感交集。爷爷的一生是饱满丰富的,他不但学术有成,而且用他的文章和人格影响了全国各界人士。我欣慰,我满足,我骄傲。

季泓：怀念爷爷季羡林

爷爷离开我们已经十二年了，我们都很想念他。回想过去的点点滴滴，往事历历在目。

爷爷一向硬朗，去世时九十八岁已是高寿。他从不锻炼，早起早睡，饮食清淡。他喜欢猫，抱着猫坐在椅子上打盹对他就是最好的休息。六七十岁了，他有时仍心血来潮骑车外出，精力充沛。

记得有一次，大约二十世纪七十年代末的一天，爷爷和我骑自行车去北京大学食堂买馒头。他的车把上挂了一个布袋子，骑了没几步，布袋子不慎卷进了车的前轮里，车一下卡住翻了，人也摔了出去。我吓坏了，赶紧跑去扶起他。他站起来，吐出嘴里的沙子，拍拍衣服上的土，骑上车接着去食堂。真不敢相信，爷爷近七十岁了，还那么利落。

一九七九年我陪爷爷去黄山。我们祖孙俩爬了不知多少台阶，走了不知多少山道，我还担心他走不下来。但他拄着一根竹竿，步伐稳健，我只是偶尔扶他一下。

提起季羡林，大家想到的是作家、学者、教授。但对我来说，他就是爷爷，是那个小时候带我去商店买乒乓球拍的爷爷，是那个在地震棚里和我养鸡的爷爷，也是那个带全家老小去老莫吃西餐改善伙食的爷爷，再普通不过。

我从小是在北大和爷爷、奶奶、老祖（太奶奶）一起生活的，是在三位老人的照顾、呵护、教育和陪伴下长大的。一直到我出国留学，那段时光是快乐的。

我们祖孙俩经常一起逗弄猫。虎子是抓老鼠的好手，而咪咪则总是懒懒地趴在一边。一年总有几次，爷爷带我坐公共汽车去前门，到六必居买酱菜，在稻香村买点心。"文化大革命"后的每年春节前夕，爷爷都会带我去新华书店买一批书，寄给山东老家的学校。他曾经在某个炎热的夏日我午睡时给我扇扇子，也曾经在我犯错时把我关进厕所里罚站。这一件件琐事、一个个片段在我脑海里浮现，好像就发生在昨天。

我来美国之后，爷爷时有来信。再后来，我工作、结婚、生子，生活忙忙碌碌，与爷爷的联系渐渐少了，但我们彼此都挂念对方。二〇〇一年我趁回国之际，陪九十岁高龄的爷爷再次回山东老家探亲。这次旅行对他对我都是难得的相聚，我很庆幸能陪伴爷爷完成他还乡祭祖的心愿。

最后一次见到爷爷是二〇〇七年的夏天，我和妻子带着一双儿女去三〇一医院探望他。爷爷那天非常高兴，一向寡言少语的他却很健谈，和两个孩子交替用中英文对话，聊天说笑。他见女儿对病房里一个摆放的毛绒玩具熊猫爱不释手,就将熊猫送给了她。女儿今年已是大一学生,那个熊猫和其他几个她最喜爱的毛绒玩具至今依然摆在她的床头。

二〇二一年

季清：写在爷爷逝世十周年之际

爷爷去世十年了，而我没有一天不怀念他，怀念他的音容笑貌。

季羡林这个名字大家都很熟悉，于此爷爷逝世十周年之际，全国各地已经开始了各种各样的纪念活动，然而大家对季羡林这个人又真正了解多少呢？在国内，大多数普通读者了解他是因为他的散文、他的日记，等等，爷爷的主要学术造诣和成果只在很小、很冷僻的学术圈子中得到传承和研究。爷爷研究的东西实在是太偏，太深奥，全世界都没几个人懂得。他为大众所喜爱的则是他做人的道理、经验和体会。他朴实的语言、深刻的人生感悟和平易近人的生活作风，都给人带来了深刻的印象。

生活中的爷爷是平凡的，对我来说他并没有什么特殊的地方。我四五岁的时候来到爷爷奶奶身边，是在他们的关怀与爱护下长大的；和他们一起吃过苦，同时也尝到了甜与欢欣，尝到了那种隔代亲。每每在我回忆爷爷的时候，脑海中总是浮现出他坐在那张古式的大书桌前，桌子上、周围的地上，满满的都是爬满了字的格子纸、夹了纸条的书，等等。一支钢笔、一个放大镜和一副老花镜也总是静静地躺在爷爷的书桌上。那个淡蓝色的瓷茶缸同样泰然地恭候着爷爷。

爷爷的那把藤椅是有了名的。我小时候一得空就喜欢爬到上面去。藤椅很大很宽,我一个小不点儿坐在上面显得空荡荡的。我把爷爷的老花镜架在我的小鼻子上,装模作样地巡视着书桌上的东西。有一次,爷爷突然提早回来,发现我在他的藤椅上摇头晃脑,就轻轻地咳嗽了一声,吓得我赶紧从椅子上爬下来,一溜烟儿跑了。

小时候,爷爷的书桌我很少碰,因为上面有他写的稿子和查阅的资料。在别人看起来,他的书桌上永远是杂乱无章的,书桌下面总有一些上好的糖果、点心、巧克力,等等。有些是父母从干校带来的当地土特产,有些是亲戚朋友来北京时送的。后来,家里来访的客人越来越多,送礼的也越来越多了。待客人离去,爷爷经常就顺手把礼品"扔"在他的书桌下面,从此不再问津。不是爷爷瞧不起那些礼品,也不是他吝啬不给家里人品尝,而是他自己没有吃零食的习惯,脑子也不会想到别人会喜爱吃零食。偶尔爷爷会突然想起他的那些宝贝,兴致勃勃地拿出来请大家分享,可是因为搁置时间太久了,有的巧克力表面已经长了一层白霜,有的点心里已生了虫子。当你问他那些东西他收藏了有多久时,爷爷会憨厚地咧嘴笑笑,有点不知所措地答曰:"不知道,不记得了。"

虽然爷爷不怎么吃零食,可对正经饭食还是很有讲究的。他写的文章《从哲学的高度来看中餐与西餐》中认为,中西方的烹饪手法之所以不同，实际上是和人的思维模式有着很大的关系的。他又说，西方人做事按部就班，烹饪也是如此，必须按照食谱，丝毫不能有所差异。

爷爷曾留德十年，后来时不时也会想念西餐。在北京动物园旁边有个莫斯科餐厅，是当时北京唯一一个西餐厅。我们每年会到那里打一两次牙祭，基本上是全家出动，十好几口，几张餐桌拼在一起，爷爷照例坐在首位，老祖、奶奶总是坐在爷爷两边，其余的人就稍稍谦让一下，没什么次序随便坐了。我还记得爷爷第一次带我们去莫斯科餐厅吃饭的情景。那时我还很小，不太懂得什么西餐中餐的，但对吃饭要用刀叉颇有兴趣，坐在那里两只圆眼睛瞪着那副刀叉，不知如何摆弄。爷爷耐心地给我示范怎样握刀叉，怎样用叉子把肉或菜固定好后，再怎样用刀子把它们切成小块，用叉子把它们送到嘴里。爷爷又教我怎样喝洋汤，汤喝到碗底之后，剩余的不能把碗端起一股脑灌进肚里，而是需要用一只手把汤碗稍稍由里向外抬起来一点，这样碗底的汤就会聚在一起，方便用汤勺舀出来喝。

爷爷教导孩子的方式也很特别。其实很简单，就两个字：自觉。我小时候，爷爷从来没数落过我，更不会有打和骂的情况。我们的父母总是要求我们帮老祖、奶奶干家务，可我们是被两个老太太宠坏了的孩子，虽然也帮忙，但大多数情况下是没过一会儿就溜了。以前吃完饭后，爷爷稍坐一会儿就回房间继续他的工作了，后来爷爷就不再马上回房间工作，而是留下来擦桌子。老祖、奶奶很过意不去，觉得那应该是她们的工作，或者是我们小孩子该做的事。爷爷就说:"要教孩子干活,光说不行,一定要身体力行,从我做起。"他这样"从我做起",我看着却觉得有趣,每次爷爷"身体力行"的时候,我就站在旁边看"热闹",甚至有时候还会指手画脚,点出他没有擦到的地方。看来,爷爷的"身体力行"的教育方式对于顽皮的我来说并不是很成功。

爷爷和猫的感情是大家津津乐道的。然而大家所不知道的是,一开始爷爷并不赞成我们养猫。记得在我六七岁的时候,有人送来一只刚刚出生几个星期的小猫,就是虎子,我看了特别喜欢,老祖就留下了,当时爷爷有些不太高兴。可是,天长日久,他同猫产生了感情,当咪咪被送来时,爷爷没有表示一点点反对。他待猫就像待孩子一样,不打,不骂,不约束,任猫在他的书桌上他那些稿子上爬来爬去,晚上猫咪们都会跑到他床上去睡觉。

我在爷爷身边长大,又是在"文化大革命"那段最黑暗的、爷爷最倒霉的时刻同哥哥、老祖和奶奶一同陪伴着爷爷度过的。那个时候他少言寡语,脸上很少见到笑容,老祖、奶奶都让他三分。"文化大革命"把爷爷的性格磨炼得更加孤僻。回到家时,他说话不多,最多抱抱我,摸摸我的头,就进自己房间去了。我印象中,爷爷永远坐在那张大藤椅上,在他的大书桌前看书、写书、翻书。小孩子总是免不了吵闹,可是,我从小就懂得从爷爷书桌旁边走过时要放轻脚步,压低嗓音。有时候我觉得无聊,就悄悄地走到爷爷的房间,安安静静坐在地上看着他工作。有时过了很久，爷爷突然发现我还坐在那里，就从那大书桌下面翻出些零食来给我吃。"文化大革命"结束后，虽然爷爷的工作开始繁忙起来，但脸上的笑容也多了起来。我很喜欢看爷爷笑，他的笑有一种感染力，有一点点的童稚气，是那么地使人想去接近他。

在我来说，爷爷很平凡，然而他之所以能够取得如此大的成功，不仅仅在于他抓住了机会，更在于他的努力进取，在于他的不断自我剖析。他一生不求名不求利，勤勤恳恳、踏踏实实地钻研他的学问。爷爷总讲，他"向无大志"，但那并不等于他没有志向。大志没有，小志可是层出不穷的。爷爷给自己设立的一个个小志向就好像我们爬高楼，上到一层，再接着上第二层，到了第二层，还有第三层在等着你，然后是第四层、第五层，直到顶端，直到生命的最后一刻。爷爷没有在哪一层楼里休息睡大觉、放松或享受，而是足履实地、坚持不懈地往他的下一个"小志向"攀登。这就是脚踏实地。

爷爷的一生是既单调又波折的一生。单调的是在于他除了做学问还是做学问，似乎对其他的都不是那么感兴趣。爷爷的一生没有什么大起伏，小波动却是不老少。好的、坏的尽皆有之。为什么我说是小波动呢？因为那些波动只是影响到了他自己或我们这个家而已。爷爷的一生影响了千千万万喜欢他的文章的普通读者，更影响了我们季家三代人。

爷爷真正的家庭生活是从一九六二年老祖、奶奶从济南迁来北京和爷爷最终团聚以后开始的。可是不久，"文化大革命"开始了。这是爷爷一生中最黑暗的日子，也是他一生中最大的一个小波折。在这期间，他几乎丧了性命，两个老太太也跟着他吃了不少的苦。在两个老太太的陪伴下，爷爷度过了他生命中最痛苦的日子，因此他是很尊敬她们的，也教育我们孩子们要尊敬她们，关爱她们。一九八九年，老祖以九十岁的高龄辞世了，四五年之后，奶奶也离开了我们。在这期间，我的姑妈也于一九九二年因癌症医治无效早早地走了。仅仅四五年的时间里，三个亲人相继离去，对爷爷的打击是十分沉重的，又没有我们孙子辈的孩子们在他身边，爷爷更加少言寡语了。他天天往图书馆跑，用工作来压抑他的悲痛，用繁忙来驱散他的寂寞。他当时的心情是非常烦乱的，压抑的。我们做晚辈的有没有真正地了解他的心情呢？我想，没有，至少那个时候没有。我总以为，爷爷是个万能的人，从他讲述的留学德国的生活里，他在牛棚的遭遇里，我觉得他什么都不怕，他什么都经受得住。然而，亲人的相继死亡和他自己肉体上及精神上的创伤是无法相比较的。在我读了爷爷晚年许多文章后，心情十分沉重，惭愧得很，我没有及时了解到他的心思，我没有了解到他在用笔传达一个他无法以正常途径所能传达的信息。那就是，爷爷想我们啊。他想念他的儿子、女儿，他的孙子女们和他的重孙子女们呀。然而，我却没有读懂。爷爷那些孤独、寂寞、忧伤、自卑、自责的语言，时时地缠绕在我的脑海，挥之不去。

一九九四年我带着我两岁的大女儿南南回北京看望爷爷。这对相差八十一岁的祖孙对猫有着同样的特殊喜好，本来老老实实地在我怀里和老爷爷聊天的女儿，一看到猫，就吵着要去摸摸。

他们两个一起逗猫玩,南南还给老爷爷背诵唐诗。当时奶奶生病住在校医院里,南南给爷爷带来的快乐虽然短暂,却是极具意义的。

我清晰地记得,二〇〇八年七月四日在北大家里见到爷爷的情景。虽然那天我没有能够寻到机会和他单独聊聊、叙叙旧,但是,我知道,这会是一个很好的开始。在爷爷上了轿车要离去的一瞬间,我对爷爷说了句话:"您保重,我会再回来看您的,很快。"爷爷频频点头。我依依不舍地离开了车子,目送着爷爷远去。

在爷爷后期的许多文章里,大讲"忍让"与"和谐"。在他的《温馨,家庭不可或缺的气氛》一文中就有这样一段话:"但是,是不是每一个家庭都是温馨天成、唾手可得呢?不,不,绝不是的。家庭中虽有夫妻关系、亲子关系、血缘关系,但是,所有这些关系,都不能保证温馨气氛必然出现。俗话说,锅碗瓢盆都会相撞。每个人的脾气不一样,爱好不一样,习惯不一样,信念不一样,而且人是活人,喜怒哀乐,时有突变的情况,情绪也有不稳定的时候,特别是在自己的亲人面前,更容易表露出来。有时候为一点芝麻绿豆大的小事,也会意见相左,处理不得法,也能产生龃龉。天天耳鬓厮磨,谁也不敢保证这种情况不会发生。那么,我们应当怎么办呢?就我个人来看,处理这样清官难断的家务事,说难极难,说不难也颇易。只要能做到'真''忍'二字,虽不中,不远矣。'真'者,真情也;'忍'者,容忍也。我归纳成了几句顺口溜:相互恩爱,相互诚恳，相互理解，相互容忍，出以真情，不杂私心，家庭和睦，其乐无垠。"

在他的《谈孝》一文里又谈道："中国人民一向视孝为最高美德。嘴里常说的、书上常讲的'三纲五常'，又是什么'三纲六纪'，哪里也不缺少父子这一纲。具体地应该说'父慈子孝'是一个对等的关系。后来不知道是怎么一来，只强调'子孝'，而淡化了'父慈'，甚至变成了'天下无不是的父母'。古书上说'身体发肤，受之父母'，一个人的身体是父母给的，父母如果愿意收回去，也是可以允许的了。"

他提到了父子关系，更着重强调了"父慈"的理念，这是对自己的一个很好的剖析。爷爷在他的《不完满才是人生》这篇文章中提到，"对待一切善良的人，不管是家属还是朋友，都应该有一个两字谏言：一曰真，二曰忍"。这话不仅仅是对他自己说的，也是对我们所有人说的。我们做后人的，却没能深刻地解剖自己的行为与心灵，没能做到"和谐""容忍"与"慈爱"，为了一己之私而不顾亲情，爷爷在九泉之下将会是多么痛心。

二○○九年七月十一日早上八点五十分，因心脏病突发，医治无效，爷爷离我们而去了。没有痛苦，没有遗憾。人们都道他是笑着走的。他们说的是对的。在爷爷生命的最后一年里，我多次回去看望他。就好像从前，我每个周末都要去看望爷爷，听他聊家乡的逸事，聊北大的新闻，聊国家大事，也讲述他个人的经历以及趣闻。爷爷最喜欢夸耀的是在他七十多岁时，还骑车上班。现在，爷爷虽然不能走动了，他的头脑的确比年轻人好用得多，并没有丝毫衰老的迹象。看着爷爷坐在那里闭目沉思的安详模样，我心里有说不出的喜欢。

最后一次见到爷爷的时候，我给自己立下了一个愿望，就是爷爷百岁这一年带他回家。不是由几十位不相干的人簇拥在他四周，不是由几十位不相干的人争先恐后地和他照相留念，而是由我亲自推着爷爷去看"季荷"，去观赏"未名湖"，去和候仁之教授攀谈，去拜访"斯诺幕"，去北大图书馆，再一起去"勺园"进餐，或许可以再次光顾莫斯科餐厅。

然而，天有不测风云，人有旦夕祸福，爷爷匆匆离我们而去。在爷爷葬礼的前一天，我突然恍然大悟，明白了爷爷埋藏在内心深处的秘密。在遗体告别仪式上，我仰望上苍，含着泪对爷爷说："爷爷，孙女终于明白您的意思了。我恨自己醒悟得太晚了，没有更早一点来看您，照顾您，这是我做晚辈的不孝。请您原谅。"

人们讲，爷爷是笑着走的，应该是喜丧，我们要高高兴兴地送老爷子走。可是，不争气的眼泪却不愿离开我的眼眶。看着有那么多敬仰爷爷的人前来为他送行，更是百感交集。爷爷的一生是饱满丰富的，他不但学术有成，而且用他的文章和人格影响了全国各界人士。我欣慰，我满足，我骄傲。

最后，让我用爷爷经常在他的文章里引用的、他晚年最欣赏的陶渊明的诗句做结束语吧：

纵浪大化中，
不喜亦不惧。
应尽便须尽，
无复独多虑。

二〇一九年四月二十五日写于洛杉矶

何巍：我与外公季羡林

季羡林先生是我的外公。外公离世十多年了，我常常想起他。我现在已是人到中年，生活工作的压力令人身心俱疲。现在回想起来，年少时与外公在一起的日子成为我此生最无忧无虑的经历。当时觉得平平淡淡，现在倍感珍惜，正是"当时只道是寻常"。

适逢外公诞辰一百一十周年之际，表姐季清约稿追忆外公。寻常二三事，遥寄相思情。

同游庐山

记得一九八六年八月我在外公家过暑假。一天外公回来说咱们下周去庐山住两周。当时外公是北京大学副校长和全国人大常委会委员，全国人大在庐山有个招待所。八月份正值北京盛夏，酷热，能去庐山我自然高兴。一周后我们乘上了飞往江西九江的飞机。飞机不大，一路的颠簸和噪音也挡不住我第一次坐飞机的兴奋。一路上外公拿着个小纸片，一会儿闭眼，一会儿睁眼，就在小纸片上写点什么。后来的那些著名散文就是在这些挤出来的片刻写成的。我没有外公的写作灵感，只顾着一路兴奋地观赏云层的变化。

飞机在九江机场降落后，招待所的车已经在机场等我们了。司机姓阮，是个复员军人。车子开得很快，一路向庐山奔去。出于礼貌，外公夸司机技术好。司机被夸后，嗨了起来，向外公夸耀："这算什么，晚上不开灯我都能冲到庐山顶部。"外公笑笑说："还是开灯吧，虽然我相信你的技术。"

外公和我住的房间在庐山高处，设施在当时算豪华了，自带卫浴。一天的旅途后我们都累了，晚上早早睡下。第二天我醒来时，天还没亮，见外公正坐在桌前凝视窗外，没有开灯，但窗户是开着的。见我醒了，外公对我说："我在看云飘过房间。"外公是性情中人，窗外浮云飘过，犹入仙境，文思泉涌。文人和庸人的区别在于文人能睹物思情。李商隐能够"留得枯荷听雨声"，庸人看到枯荷想到的大概是淤泥里的莲藕能吃吧。

隔天招待所组织大家参观庐山植物园。中午在外就餐，席间上了条大鱼，同桌的一位爷爷一直用筷子在鱼的嘴上夹着什么。见我好奇地看着，他便不好意思地说他喜欢吃鱼须。饭后我同外公说起此事，外公告诉我那位爷爷是著名音乐家。他是南方人，吃鱼多且讲究，喜欢吃些鱼的特殊部位，北方人只喜欢吃鱼肉。这顿饭算是让我长了见识。

外公喜欢小动物

庐山招待所养了只土狗，其貌不扬，倒是与人挺友好，我们来的第一天就与它成了朋友。每天晚餐时外公总会留些好吃的给小狗，所以它一见到外公就跑过来蹭吃的。外公喜欢小动物是出了名的。那时家里养着两只猫：一只是土猫，叫虎子；另一只是波斯猫，叫咪咪。虎子对我很不友好，所以在家时我只好拿个棍子，以防虎子挠我。它还真挠过我。波斯猫咪咪深得外公宠爱，却总喜欢在外公的手稿上撒尿。外公也只是无奈地摇摇头，说："小动物嘛！"真是一物降一物。

猫有发情期，土话称"叫猫"。土猫虎子在外找朋友，波斯猫咪咪就麻烦了。外公想得到纯种波斯猫后代，有好事者就送来了一只配种波斯猫。我只好让出房间用作两只波斯猫的新房，自己每天睡在外公书房的躺椅上。几天下来，腰酸背痛。等到配种猫被人接走后，我又回到自己的房间。天哪！屋内一片狼藉，有些书和手稿也被猫咬坏了。尽管外公惜书如命，对咪咪却无一句怨言，还是那句话："小动物嘛！"

外公除了养猫，晚年还养过乌龟。从古至今，龟被视作吉祥长寿的象征。外公养小动物的基本原则是顺其自然，不讲究科学喂养，只要小动物们快乐就行。在所有动物中，外公最喜欢的还是狗，只是当时北京城里不允许养狗。外公在他的散文《一条老狗》里写道："自己也不知道是什么原因，我总会不时想起一条老狗来。在过去七十年的漫长时间内，不管我是在国内，还是在国外，不管我是在亚洲、在欧洲、在非洲，一闭眼睛，就会不时有一条老狗的影子在我眼前晃动。"在他的回忆里，老狗是故乡，是忠诚，是童年的回忆，是对母亲的眷恋。

现在北京城里可以养狗了，只是喜欢狗的老人已不在人世。

外公安息！

二〇二一年